Skyline

13

LA CORTE EDITORE

CLARA CAROLI

LA CASA DEI CUORI SOSPESI

LA CORTE EDITORE

Corso Galileo Ferraris 77, Torino

Progetto Grafico: La Corte Editore - Emanuele La Corte
Immagine di copertina: Anna Obert
ISBN: 9788885516427
Finito di stampare nel mese di maggio 2018
da Grafica Veneta - Via Malcanton, 2 - Trebaseleghe (PD)

www.lacorteditore.it

A mia mamma, dopo tanto tempo

1

Romina sollevò le sopracciglia, distese la bocca, arricciò il naso. Gonfiò le guance e sbuffò fuori l'aria. Da qualche tempo aveva preso l'abitudine di incominciare la giornata con la ginnastica facciale. Pronunciava parole davanti allo specchio. A darle le maggiori soddisfazioni erano i participi presenti e gli avverbi in "mente". "Distrattamente… Ardentemente… Strenuamente… Inconsapevolmente". Tra i verbi, "Arrovellarsi" era ai primi posti nella classifica. Molto consono al suo carattere, tra l'altro. Fra gli aggettivi ce n'erano di altrettanto amabili: "Specchiato… Formidabile… Evanescente". Ma anche di detestabili, come "Liquido" e "Fragoroso", che facevano chiudere le labbra a sedere di gallina.

Si sciacquò la faccia, arrotolò i riccioli neri in una specie di serpente che fissò con una matita alla nuca. "Malmostoso", ad esempio. Pronunciò il termine a voce alta.

«Di umore malmostoso» ripeté, scandendo bene ogni sillaba. Che orribile sintesi di rabbia e risentimento. Purtroppo era il suo stato d'animo, quella mattina. Una luna storta che l'affliggeva da qualche settimana.

Non era triste, non era delusa, e nemmeno affranta. Non provava malinconia né "Struggimento" (sedere di gallina anche questa). Il blues, come lo chiamano gli inglesi, sarebbe stato un modo troppo elegante per definire il misto tra stizza e rancore che quel termine contadino, da pianura padana, rendeva invece alla perfezione.

Si guardò: una giovane donna bruna in camicia da notte, davanti allo specchio, con la faccia cupa. Un altro giorno di cattivo umore davanti a sé. Romina era una libraia con una laurea, una solida cultura, e si considerava una persona intellettualmente raffinata. Detestava se stessa per il fatto di essersi così incarognita e di incarnare sempre più spesso, ormai a cadenza quotidiana, una parola rozza e volgare come "malmostoso". Eppure era l'aggettivo giusto per lei anche quel giorno. Le calzava a pennello. Era la sua scarpetta di cristallo.

A svegliarla era stata l'emicrania. Aveva l'impressione che una serie di pensieri le mordicchiassero il cervello come quei pesciolini che fanno la pedicure, ma in modo meno piacevole. Aveva impiegato alcuni minuti, ancora sotto il piumone con gli occhi aperti, prima di decifrare con precisione l'origine di quel malessere. Dopo un caffè bello forte le sarebbero bastati pochi secondi per mettere a fuoco la più ovvia delle spiegazioni. Come le nuvole portano la pioggia, nella sua vita tutte le perturbazioni emotive si generavano da un unico punto d'origine: Matteo. Ogni tempesta del cuore, da che durava la loro relazione, andava a sbattere contro quello scoglio con la regolarità dell'onda. Un amore fatto di eterne rotture ed eterni ritorni. Molto stancante. Romina cominciava a sentirsi provata. Si era convinta cha la sua storia con Matteo fosse come un sequel. Una serie di sempre meno fortunati remake. Il loro primo incontro risaliva a soli tre anni prima. E a volte le pareva fosse trascorso un secolo.

Alla Feltrinelli quella sera era ospite Jonathan Coe, che stava all'immaginario letterario di Romina come Maradona a quello degli ultrà napoletani. Presentava il suo ultimo romanzo. Terminato il reading, lei si era avvicinata al palco per farsi firmare una copia de *La casa del sonno*. Una copia molto vissuta, letta e riletta, con la quale aveva condiviso momenti di relax su varie spiagge e gite in campagna. Una specie di reliquia. Al momento di aprire il libro per la firma, da in mezzo alle pagine erano piovute sul tappeto, proprio davanti ai piedi dello scrittore britannico, briciole di cracker, rimaste lì chissà da quando, che avevano fatto arrossire Romina e sorridere Coe. L'aneddoto sarebbe stato raccontato decine di volte a amici e parenti. Molti dei quali lessero in quelle briciole il segnale di un incontro predestinato. Era stato lui ad avvicinarsi. Un cespuglio di capelli neri sotto il quale un paio d'occhi torvi con profonde occhiaie scure e una maglietta dark con un teschio che piangeva sangue creavano un'atmosfera cimiteriale abbastanza comica. Non era Halloween, dopotutto, ma una tiepida serata di maggio e dalle finestre aperte entrava profumo di glicine.

«Hai idea del perché delle sedie di plastica possano costare così tanto?» le aveva bisbigliato in un orecchio.

Riferito evidentemente alle poltroncine di plexiglas sistemate in file regolari nella sala. All'improvviso gli si era formato in mezzo alle guance un sorriso che contrastava con tutto il resto, come se qualcuno in quella faccia avesse appena acceso la luce.

«Credo dipenda dal nome del designer» aveva risposto lei divertita. Ma quel sorriso l'aveva mandata un po' in confusione.

«Eh già, il designer. Un bel mestiere...»

La frase era rimasta in sospeso e Romina non era riuscita a cogliere se fosse ironica.

«Tu, invece, di cosa ti occupi?» aveva domandato.

«Io?» aveva risposto lui con un profondo sospiro «Io combatto la mia estenuante guerra quotidiana contro la banalità».

E di fronte al totale smarrimento di lei aveva aggiunto: «Insomma, sono un poeta».

Al termine dell'incontro con Jonathan Coe, l'aveva condotta tra gli scaffali della libreria. Trovato quel che cercava si era fermato, aveva estratto un volume dal reparto letteratura straniera e glielo aveva posato tra le mani.

«Qui trovi tutto. Per capire la vita e, se ti dovesse interessare, anche me». Poi, dopo averla spiazzata con un improvviso «Beh, ora si è fatto tardi», era scomparso nella notte, non prima di essersi segnato il numero di telefono di Romina. L'aveva lasciata lì, con l'aria spersa di un cane abbandonato in autostrada, a rigirarsi il libro tra le dita: Emil Cioran, c'era scritto sulla copertina, *L'inconveniente di essere nati.*

«L'inconveniente di averti incontrato, brutto stronzo!» esclamò Romina, davanti allo specchio, più malmostosa che mai.

Dei trentasei mesi trascorsi da quel primo incontro a Romina erano rimasti l'eco lontana dei momenti di passione intensa e poi un senso di profonda inquietudine. L'aveva visto a cena la sera prima, prolisso e svagato come sempre. Le aveva accennato a un progetto. I progetti di Matteo lo portavano di solito a letto con studentesse di lettere o a meeting di poesia, spesso contemporaneamente. Tra un piatto di tajarin e un brasato al Barolo le aveva annunciato che «di lì a qualche mese» sarebbe andato a Parigi per partecipare a un Poetry Slam. Era da poco stata pubblicata la sua nuova raccolta, *L'eternità dell'incurabile*, e l'editore – c'era sempre un editore di mezzo – pensava che la competizione in versi nella capitale francese, per il volumetto, potesse essere una efficace promozione.

Romina aveva presente molto bene i meccanismi del mercato editoriale. Con l'amica Stella, ex compagna di liceo e di università e attuale convivente, nel senso di coinquilina, era titolare di una libreria nel centro storico di Moncalieri, cittadina della cintura sud di Torino, affacciata sul Po, dove entrambe erano cresciute. Di lì a qualche mese, per usare la stessa espressione di Matteo, sarebbe stata impegnata al Lingotto nella preparazione della "Fiera dei Librai Indipendenti". Non si sarebbe potuta muovere. Per lui, il momento ideale per andare in giro per l'Europa a caccia di studentesse.

Si tirò su dal letto, si buttò addosso una tuta di pile ed entrò in cucina con l'aria allegra di una spiaggia a fine stagione. Trovò Stella con una terrina in grembo, intenta a rimestare. «Sto facendo un dolce».

«Lo vedo». Romina colse al volo il senso dei gusci d'uovo e dei residui di zucchero e farina sparsi sul tavolo.

«È per il breakfast letterario di domani».

«Mh-mh».

«Noto che cenare con Matteo ti mette sempre di buon umore».

Romina non replicò. E continuò a caricare la caffettiera.

Oltre a condividere l'appartamento, un centinaio di metri quadrati al pianterreno di una vecchia villa ottocentesca sulla collina di Moncalieri, le due giovani donne erano da alcuni anni anche socie in affari. La libreria che gestivano insieme, "Non è una Pizza", incastonata sotto i portici di piazza Vittorio Emanuele, tra la chiesa, il bar e il municipio, era stata progettata come una boiserie di legno chiaro e ricordava vagamente una sauna finlandese.

Sull'attività Romina e Stella avevano investito tutti i loro risparmi, e gli spiccioli di alcuni familiari. Avevano sognato di aprire una libreria sin dai tempi dell'università. Ma il progetto non aveva riscosso grandi consensi. Il loro professore di storia della letteratura italiana era stato il primo a metterle in guardia. Alla tavola calda accanto a Palazzo Nuovo, davanti a una scaloppina all'Arneis, le aveva lasciate parlare. Poi, inghiottito il boccone con una bella sorsata di rosso, aveva espresso la sua opinione.

«Una libreria? Che idea carina. A parte i libri, intendo. La gente non vuole leggere, vuole mangiare. Se siete intelligenti aprite un pizza al taglio».

La interpretarono come una battuta, ma non lo era. Si trattava, al contrario, di un ben ponderato consiglio di marketing. Non si arresero e dalle parole del professore presero comunque spunto per battezzare il negozio. Non fu facile reperire i fondi. Nessuno, tra i parenti delle due ragazze, pareva disposto a scucire un euro per un business, la vendita di libri, nel quale, proprio come il professore, ritenevano che ci fosse più da perdere che da guadagnare.

«Siete pazze? Leggere non interessa a nessuno!» Questa era grossomodo l'opinione della maggioranza.

A salvare la missione era intervenuta la zia Titti, sorella del padre di Romina, unita in seconde nozze a un magnate dell'editoria francese, la quale sentendo parlare di libri era scesa in campo a passo di carica, armata di libretto degli assegni. Con un investimento decisivo, era entrata nella società diventandone automaticamente l'azionista di maggioranza. Una posizione dominante che le avrebbe sempre consentito, nel bene e nel male, di avere l'ultima parola sul destino della libreria. Una sua fotografia, scattata la sera dell'inaugurazione di "Non è una Pizza", la ritraeva scintillante e sorridente come un'attrice di *Beautiful* in un tailleur color crema accanto a Stella e Romina. Avevano appeso l'immagine sulla parete principale del negozio, accanto a quelle in bianco e nero di Joyce e Beckett, Tolstoj, Joseph Conrad e Virginia Woolf. Considerando la cifra che aveva sganciato, la generosa zietta era ammessa a pieno titolo nel "Club dei Grandi".

A distanza di anni, non si poteva dar torto a chi aveva scelto di non buttarsi nell'investimento. Né al professore di letteratura. Gli affari risentivano della crisi. Le indicazioni del mercato erano chiare: più che libri, in quella disastrosa congiuntura economica si vendevano torte, pizzette, focacce, fritturine di pesce, involtini vari, tartine, salatini e rosette di mousse di qualsiasi sapore. Meglio se biologiche e a chilometro zero. Così Stella s'era inventata l'idea dei Breakfast letterari, degli Aperitivi letterari, delle Cene letterarie, dei Dopocena letterari. E in sostanza, poiché Romina come cuoca era un'incapace, trascorreva la gran parte del suo tempo in cucina. Al momento era impegnata a grattugiare nell'impasto una sottile filatura di scorza di limone. Infilò un dito nel recipiente, assaggiò e annuì soddisfatta.

Romina, dalla parte opposta del tavolo, teneva lo sguardo fisso sulla tazzina. Le venne in mente una vecchia canzone

di Carly Simon che parlava di nuvole nel caffè. Le parve di vederle: nembi cumuliformi tracimare dall'orlo di ceramica come la schiuma del cappuccino e riversarsi nel piatto.

«Stella!» esclamò «La situazione è grave».

«Lo dici sempre».

«Stavolta è diverso».

«Dici sempre anche questo».

Romina incominciò il solito racconto. La ripetitività delle cialtronerie di lui era pari solo a quella dell'ottusa ingenuità di lei. Stella smise di ascoltare quasi subito. Cosa poteva esserci al mondo di più noioso di quella soap opera? Guardare il golf in tv? Pulire i carciofi? Assistere a un concerto per clavicembalo?

"Niente di nuovo" concluse.

Per quanto detestasse Matteo, doveva riconoscergli la coerenza. Si comportava male sempre, con una ammirevole regolarità e fedeltà a se stesso. Era fatto così, prendere o lasciare. Lei lo avrebbe buttato a mare con una pietra al collo. Quello non era un fidanzato, era un tormento. Non riusciva a capire l'atteggiamento di Romina che continuava a tenersi il cilicio. Lamentandosi, per giunta. Invece che soffrire in silenzio e con dignità.

«Ascoltami» disse all'improvviso.

Romina interruppe il flusso di coscienza e sollevò gli occhi dal tavolo.

«Hai presente i chirotteri?» domandò Stella guardando fuori dalla finestra, benché chiaramente non ci fosse alcun mammifero notturno nel cielo mattutino di febbraio. Da bambina aveva sognato di fare la biologa, poi da brava secchiona di liceo classico era rimasta invischiata negli studi umanistici.

«Intendi i pipistrelli?»

«Esatto. Non hanno un volo regolare. Procedono in rettilineo e poi, all'improvviso, scartano».

«E con questo?»

«Matteo fa così. È nella sua natura».

Romina non parve entusiasta all'idea di essere fidanzata con Batman. Scosse la testa. Trangugiò il caffè. Si alzò da tavola e prese una decisione.

«Devo troncare» annunciò.

E s'incamminò a testa alta verso la doccia.

2

Carol accavallò le gambe, aspirando con il naso il vapore profumato che saliva dal bicchiere di tè alla menta, come fosse un aerosol. Un petalo della gonna di camoscio si staccò dalla corolla, scoprendo la coscia. Nonostante fosse febbraio, non indossava collant. Solo un paio di calzini corti, dentro gli stivali. Era capace di queste prove da fachiro senza che sulla sua epidermide ambrata comparisse il minimo accenno di pelle d'oca. Un monaco tibetano non avrebbe saputo fare di meglio.

Il proprietario del pizza-kebab Le Voyage, Muhammad Ibrahim Massadur Ikhbal, che tutti nel quartiere chiamavano Mimì, in quanto immigrato di seconda generazione aveva assorbito gli usi e costumi locali. Si era adattato al clima di Torino e alle leggi della globalizzazione. Aveva fatto propria la regola numero uno di un buon imprenditore: reinvestire gli utili. E dunque aveva provveduto a installare alcuni funghi a gas, per riscaldare d'inverno il dehors. In quel momento, tuttavia, fuori era seduta solo Carol, che non pareva risentire delle basse temperature.

All'interno, il locale era disseminato di un'accozzaglia di oggetti fuori moda raccolti qua e là. Sedie di plastica intrecciata che risalivano al tempo in cui nei tavolini all'aperto si ordinavano bicchieri di gazzosa e coppe all'amarena, poltrone di fustagno con i braccioli consunti, specchi ovali dalla cornice bombata. Cose brutte e vecchiotte che nessuno, a parte Mimì, voleva più. Era stata Carol a procurargliele. I due avevano stretto un patto di mutuo soccorso. Lei aveva fatto del riciclo una specie di ragione di vita. «È incredibile» era solita ripetere «quanta roba ancora buona butti via la gente». La sua mission consisteva nel ridare un futuro agli oggetti abbandonati, salvandoli dalla discarica. Era un Dottor Frankenstein, a modo suo: riportava in vita le cose morte. Odiava gli sprechi e, nell'arredamento come in cucina, cercava il più possibile di riutilizzare gli avanzi. Dopo il diploma all'Accademia di Belle Arti aveva inanellato una serie di impieghi più o meno stabili e qualificanti, compresi quello di assistente alla toelettatura di cani e di fisioterapista per cavalli, che non facevano una gran figura nel suo curriculum di decoratrice, arredatrice e scenografa. Ma era convinta che da ogni lavoro, anche il più umile, ci fosse da imparare.

Mimì, da parte sua, in Italia aveva scoperto l'esistenza di Giacomo Puccini, del quale era diventato con il tempo un appassionato cultore. Le casse del locale diffondevano in loop arie di *Tosca*, *Bohème* e la sua preferita, *Manon Lescaut.* A causa del volume molto alto, la musica si poteva ascoltare distintamente fino al marciapiede e Carol, per ammazzare il tempo, cercava di decifrare le parole e capire quale ragione avesse quel tizio che cantava – per la cronaca, il Cavalier De Grieux – per disperarsi tanto.

L'uomo elegante che aveva appena parcheggiato l'auto dietro l'angolo si avvicinò al pizza-kebab con occhi indagatori, ma c'era poco da indagare. Carol era la sola temeraria seduta lì fuori, con quel freddo.

«Perdona il ritardo» si scusò, con il garbo di un lord.

«Niente, dai, ci sono abituata».

Non si sarebbe definita una persona paziente ma aveva imparato ad aspettare, e a trasformare l'insofferenza in pause di meditazione. Negli ultimi mesi si manteneva lavorando come trovarobe per registi, designer e creativi dell'arte contemporanea. "Quando hai a che fare con gente così volubile e indecisa" pensava "o sei zen o esci pazza".

L'uomo scostò una sedia e si accomodò accanto a lei, stringendosi i lembi del cappotto blu sullo stomaco, e posando l'attenzione su quello che, ai suoi occhi di medico, da lontano era parso uno strano *rash* cutaneo. Sulla gamba sinistra della giovane donna era sbocciato pochi giorni prima un fiore. Un amarilli spettacolare il cui gambo risaliva la coscia, poco sopra il ginocchio, per esplodere con la corolla a lato dell'articolazione femorale, all'attaccatura del gluteo. Ogni minigonna avrebbe fatto sognare gli appassionati di botanica.

Sarino Catena, il tatuatore, di fronte alla richiesta di Carol era rimasto perplesso. Conosceva fiori di loto e di ciliegio ma non aveva la minima idea di cosa fosse un amarilli. Lei aveva dovuto mostrargli un'illustrazione per fargli capire cosa intendesse con quella parola dal suono divertente ma dal significato per lui incomprensibile. La vita gli aveva insegnato parecchie cose ma non che con il nome latino di Amaryllis si indicasse un bulbo grosso quanto una palla da tennis capace di produrre un fiore invernale enorme e bellissimo. Ora l'aveva imparato e, visto l'effetto finale, da quel momento avrebbe tatuato amarilli a tutto spiano. La specie si sarebbe propagata come un'epidemia.

Tempo prima Sarino aveva spiegato a Carol che i tatuaggi, sul corpo di una persona, mantengono la carica propiziatoria soltanto se sono dispari. Come le rose, quando si regalano. Il conto con la fortuna era finalmente sistemato. La ragazza si ritrovava con una farfalla tropicale posata sul petto, tra il seno e la clavicola, un geco stilizzato che se ne stava immobile sul fianco, sopra il rene destro, con le sue zampine rotonde. E, appunto, l'amarilli, lussureggiante e in technicolor. Con tutta quella flora e quella fauna il suo corpo somigliava un po' a un libro di scienze. Ma nessun maschio eterosessuale che se la fosse trovata davanti nuda avrebbe notato quel particolare.

«Wow...» esclamò un po' fiaccamente l'uomo seduto al tavolino.

L'entusiasmo non era genuino.

«Che c'è, non ti piace?»

«Mi piace molto. Dev'esserti costato una fortuna».

«Trecento euro, compreso il gambo. Li vale tutti» disse Carol convinta. E sollevò il ginocchio fino a pochi centimetri dagli occhiali e dal naso di lui, per mostrargli da vicino il capolavoro, ancora fresco d'inchiostro.

Lui si scostò, imbarazzato. «Non spenderei quella cifra per farmi massacrare una coscia, ma nel suo genere mi pare bello».

«Non è bello, cavolo, è la Cappella Sistina dei tatuaggi. Porta fortuna e prosperità».

«Lo spero per te. Se gonfia, comunque, prendi un antibiotico».

«Non essere sempre così pessimista, Alberto. A che ora abbiamo appuntamento?»

«All'una. Ci ricevono nella pausa pranzo.»

«È lontano?»

«Da qui venti minuti, ma dipende dal traffico».

«Bene. Allora è meglio andare. Prendi qualcosa?»

«No grazie. Mimì!» esclamò Carol rivolta all'interno del locale «Segnami il tè, ripasso stasera e spero di portarti buone notizie».

Muhammad rispose con un inchino.

La Passat di Alberto profumava di pesca, un aroma fruttato che rendeva gradevole l'atmosfera nell'abitacolo. L'ordine e la pulizia dell'interno facevano tutt'uno con l'affidabilità dell'auto. La postura del dottore, al volante, era simile a quella che assumeva nella vita: rigida e consapevole. Una donna si sarebbe fatta portare da lui in capo al mondo e si sarebbe addormentata dopo una decina di chilometri.

«Dobbiamo caricare?» chiese, pronto nel caso a predisporre il bagagliaio.

«No, è solo un sopralluogo» rispose Carol, le cui cosce prive di calze aderivano alla pelle scamosciata dei sedili con la stessa gaia naturalezza di un koala abbarbicato al tronco dell'eucalipto.

Quello con Alberto era un rapporto di mutuo soccorso: lui metteva a disposizione la station wagon, lei gli forniva notizie dell'ex moglie, Clotilde. Una curatrice di mostre d'arte contemporanea, anoressica e sempre agitata, con la quale ultimamente le capitava spesso di dover collaborare. Si erano conosciuti in seguito all'incidente. Carol aveva cominciato a dedicarsi alle arti marziali alcuni anni prima. Abitando nella zona calda di San Salvario, dietro la stazione di Porta Nuova, crogiolo di razze e varia delinquenza, aveva pensato fosse una buona idea iscriversi a un corso di difesa personale. Del Taekwondo le era piaciuto il principio di base, che è fondamentalmente "occhio per occhio dente per dente". Se rientrando a casa la sera fosse stata aggredita da un tossico, gli avrebbe tirato un calcio sulle gengive. Questo era stato lo spirito, all'inizio. Poi aveva scoperto il lato filosofico della cosa e compreso che oltre a scolpire perfettamente gli addominali, il Taekwondo, se fatto nel modo giusto, conduce dritto come un'autostrada verso l'armonia tra corpo e mente.

«Dove c'è armonia non c'è frattura», era solito ripetere il suo maestro, Tony "Shi Xinghong" Lo Russo, mostrando il micidiale calcio rovesciato *Bituro Cha-Ghi*. Senonché fu proprio per colpa di una di queste mosse volanti da monaco shaolin, durante un allenamento, che Carol si ruppe un braccio e finì al CTO. Lì conobbe Alberto, l'ortopedico che le ricompose la frattura. Erano il giorno e la notte, lo Yin e lo Yang. Nacque subito un'amicizia.

Attraversarono il Po, imboccarono un corso lungo e scorrevole per poi cominciare a salire la collina di Moncalieri. A un paio di chilometri dal Castello Reale si trovava la loro meta. Un'antica vigna ottocentesca la cui villa padronale era rimasta vittima di una ristrutturazione selvaggia nell'epoca d'oro dei vetri smerigliati, delle ringhiere in stile, dei piastrelloni amaranto e delle maniglie a tortiglione. La casa poggiava da quasi due secoli le sue nobili fondamenta in un tratto di collina magnificamente esposto a meridione. Un versante assolato, coperto di serre, affacciato sulla tangenziale sud e sulla piana industriale nella quale un brico center, un ipermercato e un multiplex da sedici sale segnavano l'orizzonte come in una padana Monument Valley.

La casa era in cima a quel cocuzzolo panoramico. Un luogo piuttosto spartano dove non arrivava l'allacciamento del metano, la linea telefonica saltava ad ogni temporale, quando nevicava forte era impossibile uscire dal cancello se non a bordo di un trattore e la comunità più popolosa, a parte gli abitanti del condominio, era quella dei cinghiali. In questo contesto vivevano Romina e Stella. Due accumulatrici seriali, a giudicare dalle condizioni del loro garage. Ed era appunto quello, il garage, la destinazione finale di Carol e Alberto.

3

Con il piglio autorevole di un comandante sulla tolda della nave, Robert attraversò il prato a bordo del suo trattore tagliaerba. Sopra la camicia di flanella botton down indossava soltanto un gilet blu imbottito. Era l'ora di pranzo di un assolato giorno di febbraio, cielo limpido, aria tersa, temperatura otto gradi centigradi. Dalla bocca gli penzolava una sigaretta accesa che pareva attaccata alle labbra con la colla. La sua bocca peraltro era immobile. Un volto di pietra. Lo sguardo fisso sull'orizzonte. Il prato era una tundra di colore grigiastro.

«Chi è?» s'informò Carol.

«Robert. Il giardiniere. Un tipo un po' particolare».

«Mi chiedo che senso abbia tagliare l'erba a febbraio» disse Carol, che però era rimasta molto colpita dal fatto che l'uomo lavorasse all'aria aperta in maniche di camicia. Quanto fosse particolare non poteva saperlo, di certo si trattava di un tipo tosto. Stette a guardarlo, ammirata, mentre lui completava l'inversione a U per ricominciare l'attraversamento del prato nella direzione opposta.

«Quel che per noi non ha un senso» ritenne di dover aggiungere Alberto «per lui ce l'ha. È una specie di filosofo».

Dietro l'inutilità del tagliare l'erba a febbraio c'era dunque un disegno più grande che solo Robert era in grado di decifrare. Era arrivato nove mesi prima da Parma, dove aveva lavorato un anno alla progettazione di un'azienda agricola e imparato a pronunciare discretamente la parola "t-o-r-t-e-l-l-i-n-i". Era americano, infatti. Originario di Boston. Aveva lasciato gli States per amore di una ballerina ed era venuto in Italia. Lei alla lunga si era stancata di quell'aria ascetica, dei lunghi silenzi e del suo vocabolario piuttosto limitato e, una volta esaurito un certo numero di coreografie erotiche, lo aveva mollato. Che fosse per indole o a causa di quell'abbandono, Robert si era rivelato in quei mesi un campione di imperturbabilità. E un ottimo acquisto per il condominio dal momento che si era offerto di curare il giardino gratis.

La Passat attraversò il vialetto con rumore di ghiaia e andò a fermarsi nella piazzola di parcheggio, sotto gli alberi. Dal vetro della macchina era visibile una villa piuttosto elegante, con la facciata ricoperta di vite vergine della quale a febbraio non restava che un reticolo di rami spogliati delle foglie. Una serie di finestre a pianterreno si affacciava direttamente sul prato. Da una di queste sbucarono i volti delle padrone di casa, come i musi curiosi di due orsetti lavatori.

«Salve!» esclamò Carol, trovandosi di fronte l'espressione interrogativa di Romina.

Alberto scese dall'auto e procedette con le presentazioni.

«Questa è la ragazza della quale vi ho parlato» disse. «È interessata a visionare il vostro deposito».

«Non lo definirei propriamente un deposito» intervenne Stella, che nel frattempo era uscita sul patio, avvolta in una pelliccia sintetica. Allungò la mano verso Carol. «Piacere, sono Stella. In effetti il garage è un po' ingombro. È incredibile quanta roba si accumuli nel tempo...»

«Ho presente» tagliò corto Carol, con tono professionale.

Stella rimase un po' intimorita.

«È molto che abitate qui? Cavoli se è bello 'sto posto. Che vista pazzesca!» commentò Carol, ammirando il panorama.

L'orizzonte spaziava a trecentosessanta gradi, tutto intorno al giardino. «Cinque anni» rispose Stella. E le parve impossibile che fosse già passato tutto quel tempo.

Romina li raggiunse. «Vi faccio strada?» e li guidò verso i box.

«Abbiamo chiamato una cooperativa sociale per farlo sgomberare e ci hanno chiesto un patrimonio. Meno male che sono sociali. La mia auto è troppo piccola per trasferire il tutto alla discarica. E così...»

«E inoltre io non guido, non ho nemmeno la patente» affermò Stella con orgoglio.

Il garage era piuttosto spazioso. Avrebbe potuto ospitare comodamente un'auto, una moto e alcune biciclette, considerò Carol. E invece era colmo di oggetti svariati, tanto che le era impossibile scorgere il pavimento. Fece una rapida scansione del materiale. Quello visibile, almeno. Ombrelli rotti, damigiane con la retina di plastica, stivali di gomma, zerbini di cocco e di erba sintetica, montagne di scatole da scarpe, sci, doposci, scarponi, pneumatici di ricambio, rotoli di carta da pacchi e pluriball, latte di vernice e bidoni di pittura lavabile, scale e pennelli, un paio di comodini, una coppia di abat-jour dismesse, un tappeto peloso, un acquario rotto, una vecchia gabbia per criceti accessoriata come Disneyland, cucce e lettiere per gatti, la confezione di un albero di Natale alto due metri, con gli addobbi, le luci, il presepe, le comete e le ghirlande, buste della tintoria ancora sigillate con antichi plaid e tendine ricamate, due estintori, un paio di rollerblade, uno stand, due armadi di tela con rotelle, apparentemente pieni di abiti estivi, e infine una cesta di collane di fiori finti, stile Hawaii, avanzate da chissà quale party a tema.

«*Garbage Art*» era stato, sotto un sorrisino impertinente, il commento di Robert. Che aveva nobilitato quel caos informe con il riferimento a Rauschenberg, un suo connazionale.

«L'appartamento è piccolo» si giustificò Romina.

«Non farti problemi» disse Carol, per nulla impressionata.

Come trovarobe era abituata a ricevere richieste bizzarre e visitare luoghi di ogni tipo, dagli appartamenti più lussuosi alle baracche in riva al fiume. Non sarebbe stata la rimessa un po' in disordine di una casa di campagna a stupirla.

«Alberto mi ha parlato di un divano...» disse, cercando di andare al punto. L'aveva promesso a Mimì. Lui ci contava, per arredare una saletta del Le Voyage che aveva da poco attrezzato con la tv al plasma.

«È lì, ma devi scavare». Stella indicò un mucchio di vecchie coperte di pile, sporche di quello che Carol si augurò fosse fango. Sotto uno strato di lenzuola e tovaglie con il bordo all'uncinetto avvolte in una grossa busta di cellophane, spuntava un bracciolo di velluto marrone a coste. Un grosso sofà anni Ottanta che giaceva sepolto come uno scheletro di mammut.

"Serve il furgone" pensò Carol.

«Posso?» chiese, scavalcando mucchi di roba. Scostò i materiali e portò alla luce il tre posti di velluto in tutta la sua lunghezza, per controllare che il tessuto fosse in buono stato. «Mi interessa. Volete qualcosa?»

«Macché, anzi» rispose Romina. «Se te lo porti via ci fai un favore».

«Torno a prenderlo in settimana con un mezzo adatto» promise. Si scambiarono i numeri di telefono.

«Perché non entrate un secondo?» propose Stella. «Avete già mangiato?»

Carol lanciò un'occhiata ad Alberto e tentò di attirare la sua attenzione. Non poteva trattenersi oltre. Alle quattro la attendevano al Castello di Rivoli per un sopralluogo in vista della mostra, imminente, di un artista in arrivo dalla Svezia. Un certo Persson, Larsson, Gunnarsson... Non ricordava. Aveva letto la biografia su internet e guardato alcune foto: un uomo bellissimo dall'espressione crudele. La prospettiva di un pomeriggio in compagnia di Clotilde, l'ex moglie di Alberto, responsabile degli allestimenti del Museo d'Arte

Contemporanea nonostante la sua palese instabilità psicologica, non era allettante. Carol contava di passare dalla palestra e sfogarsi un po' col Taekwondo, prima di affrontare quella donna che, ne era certa, le avrebbe dato il tormento. Guardò Alberto piena di speranza. Ma era troppo tardi. Lui aveva già accettato l'invito a pranzo.

«E com'è che vi conoscete?» domandò Carol masticando un broccoletto.

«Alberto ha curato mio padre quando si è rotto la gamba sciando» rispose Romina.

«Insomma, per conoscere Alberto bisogna rompersi qualcosa» disse Carol.

E tutti risero.

Stavano pranzando nella grande cucina affacciata sul giardino. Un bovindo di forma circolare in mezzo al quale si trovava un tavolo quadrato di noce massiccio.

«Deliziosi questi» commentò la nuova ospite, facendo onore agli involtini vegetariani preparati da Stella.

Il piano del tavolo, visibile sotto le tovagliette all'americana, presentava un intarsio ligneo con la forma di un cubo all'interno di una sfera. Una rappresentazione particolare, il cui valore simbolico non sfuggì alle antenne di Carol. Guardò fuori dalla finestra per capire, in base alla posizione del sole, come fosse disposta la stanza rispetto ai punti cardinali. Quella combinazione di geometrie non poteva essere casuale.

«Chi abita qui sopra?» s'informò.

«Un cardiochirurgo» rispose Stella.

«Un medico in casa torna sempre utile» considerò Alberto.

«E sopra ancora Robert».

La tavolata rimase alcuni istanti in silenzio. Come in attesa. Carol non aveva voglia di avventurarsi sul terreno dell'esoterismo a casa d'altri, al primo incontro. Temeva di non fare buona impressione.

«C'è davvero una bella atmosfera in questa villa» si limitò a dire, sperando che nessuno avesse notato il suo anomalo interesse per il luogo.

«Sì, ci stiamo bene» rispose Stella.

«Non andrei via da qui per niente al mondo. Questo è il mio posto» affermò Romina con convinzione.

Ma Alberto, da dietro gli occhialetti, aveva colto quello che c'era da cogliere. «Carol, c'è forse qualcosa che ti turba qui dentro?»

Le due padrone di casa si voltarono istantaneamente verso la ragazza. «Che cosa vuole dire?» domandarono in coro.

Messo alle strette, l'oracolo parlò: «Non sono turbata è solo che, se leggo bene i segnali, in questa stanza scorre un flusso di energia molto potente».

La tavolata tacque di nuovo.

Carol proseguì, con gli occhi chiusi e l'aria concentrata e assente di una medium. «È una corrente. Sale verso l'alto, come un camino. Energia cosmica, universale, umana, anche un po' animale».

Carol riaprì gli occhioni blu cobalto e colse l'imbarazzo di Romina e Stella. «Scusate, mi sono lasciata un po' prendere. Niente. Come non detto».

«Eh no, adesso parli e vai fino in fondo» la incalzò Romina.

«Non è semplice da esprimere a parole. Diciamo che in presenza di simili combinazioni di simboli succedono cose, c'è movimento».

«A me pare che qui non succeda mai niente» fu il commento di Stella.

Alberto intanto masticava, imperturbabile, con lo sguardo nel piatto.

Carol provò a spiegarsi meglio. «Ci sono luoghi fermi come laghetti di montagna e altri dove scorrono correnti di energia tipo il vento alle Bocche di Bonifacio, mi seguite?»

«Più o meno» rispose Romina.

«Bene. Qui siamo alle Bocche di Bonifacio».

L'energia cosmica rimescolava i suoi flussi molecolari nel raggio di anni luce, quella umana invece era radunata attorno al tavolo. Quanto a quella che Carol aveva definito "animale", in senso letterale era variamente rappresentata in giro per il giardino da topi, tassi, volpi, cinghiali, merli e scoiattoli, la maggior parte dei quali al momento in letargo. E dalla comunità dei gatti trovatelli dei quali Romina faceva collezione. Ogni randagio, meglio se spelacchiato, guercio, denutrito o zoppo, in quella casa trovava accoglienza. Sullo zerbino, davanti alla porta dell'appartamento, una frase manifesto recitava: "Yes We Cat". Era convinta che quei piccoli guerrieri a quattro zampe che ogni giorno sfidavano la fame, il freddo e le ruote delle automobili in una epica lotta per la sopravvivenza, meritassero per ricompensa come minimo una bella scatoletta di cibo. E i randagi, naturalmente, di fronte a una simile ospitalità, sceglievano di restare e approfittare dei confort di quella specie di resort per felini.

Ora Romina aveva bisogno di un gatto. Ma nessuno di quelli in giro per la villa faceva al caso suo. Orsetta, la sua maga personale, capace di dire scemenze come pochi e per questo milionaria, nel corso dell'ultimo incontro si era lasciata andare ad una previsione piuttosto precisa. Cosa che la sua deontologia professionale, generalmente, le impediva di fare.

«Non vorrei sbagliare» aveva detto davanti al quadro astrale «ma qui vedo un bell'incontro uraniano».

«E sarebbe?» aveva domandato Romina, scettica.

«Urano è il pianeta delle rivoluzioni, vedi un po' tu».

«Arriva qualcuno a sconvolgermi la vita?»

«È probabile».

«Non è detto che la sconvolga in positivo. Dio ci scampi dagli incontri del destino».

Ma quel pessimismo da donna cinica serviva solo a darsi un tono. Perché in realtà Romina aveva archiviato la comunicazione della maga tra quelle "ad alta priorità". Ora si ritrovava in casa questa bizzarra ragazza bionda che nonostante l'aspetto da sciroccata diceva un sacco di cose intelligenti e affascinanti, con un fiore spettacolare tatuato sulla gamba, che le annunciava "tempeste di energia" sulle quali era impossibile equivocare. Di sicuro non si trattava di una coincidenza.

Prese da parte Carol, indicò l'amarilli e chiese: «E se volessi tatuarmi un gatto?»

«Puoi tatuarti quello che vuoi».

«Nel caso tu hai qualcuno bravo da cui mandarmi?»

Domanda retorica. Era chiaro dal gambo visibile sulla coscia e dal pezzo di farfalla che spuntava dallo scollo a "v" del golfino che Carol ce l'aveva, eccome.

«Si chiama Sarino Catena, è un artista».

«Grandioso».

«E dove te lo vuoi fare? Anche le parti del corpo hanno la loro simbologia».

«Uhm... In effetti avrei pensato di farmelo qui» rispose Romina, indicando una natica.

Il sedere di Romina era piuttosto grande, rotondo e morbido. «Ottima scelta» approvò Carol. «È il posto ideale nel quale sceglierebbe di andare a dormire un gatto».

Si congedarono sulla soglia. In quel momento, puntuale come un germoglio di forsizia, Robert comparve sotto il portico, diretto al suo appartamento.

«Ehi, Robert!» esclamò Stella. «Fermati un attimo, ti devo parlare della siepe».

In quegli anni giardinieri professionisti e giardinieri fai-da-te si erano alternati alle cure degli spazi verdi, con risultati modesti. L'area più sfortunata era risultata la porzione di parco di fronte alla casa, un'aiuola cintata da cordoli di cemento a mezzaluna con ricami di merletto, molto in voga all'epoca dei vetri smerigliati e delle maniglie a tortiglione. Una terra di nessuno dove si era tentato di coltivare di tutto, dalle ortensie alle petunie, dalle zinnie ai rododendri, fino alle attuali sfortunatissime lavande delle quali rimanevano ormai da mesi soltanto legnosi scheletri avvizziti.

"L'aiuola delle lavande morte" l'aveva ribattezzata Matteo.

Non era andata meglio alla siepe di viburno che seccava misteriosamente un metro al mese lasciando man mano sguarnito il perimetro del prato.

«Che ne pensi? Dev'essere un problema del terreno...» Stella provò a insistere, ma il giardiniere pareva non ascoltarla. I suoi occhi erano fissi, come incollati, nella zona di pelle sopra il ginocchio di Carol. Lei, colto al volo il significato di quell'interesse, sollevò la gonna di camoscio e lasciò del tutto scoperta la coscia.

«A-m-a-r-y-l-l-y-s?» domandò Robert con aplomb da scienziato.

«Amarillys!» confermò lei, entusiasta. Finalmente un estimatore competente.

4

Stella era il tipo di persona che d'autunno, nei giorni di pioggia, cammina sulla ghiaia guardando per terra con attenzione, per evitare di calpestare le chiocciole. Il rumore delle lumache spiaccicate rappresentava, per le sue sensibili orecchie, un suono di una violenza insostenibile. Nella convinzione che le automobili fossero mostri meccanici responsabili dell'uccisione lungo le strade di gatti, ricci, scoiattoli e, in casi estremamente sfortunati, persone, non guidava la macchina né aveva la patente. La sua unica possibilità di raggiungere un centro abitato dove provvedere agli approvvigionamenti era dunque la Toyota di Romina.

Era giorno di spesa. Quando in casa mancano il dentifricio e la carta igienica non c'è bisogno di essere massaie esperte per capire che è ora di andare al supermercato. Quel pomeriggio in libreria sarebbe rimasta Agata, una stagista che si prestava a coprire in caso di necessità qualche turno, lavorando praticamente gratis: l'unico genere di commessa che il budget di "Non è una Pizza" consentisse di assumere.

«Hai preso l'elenco delle cose da comprare?»

«Preso».

«Hai segnato tutto?»

«Rilassati, Stella».

La Toyota procedeva a passo d'uomo lungo il vialetto. Una massiccia figura si stagliava in lontananza, vicino al cancello. Accanto ai cassonetti, intento a scassinare la sua buca delle lettere dalla serratura difettosa, c'era Bartolomeo, il cardiochirurgo. Un colto e vitale quarantacinquenne dall'aspetto molto giovanile e sempre abbronzato, che nella geografia del condominio occupava la posizione intermedia, tra il nord metafisico del giardiniere e il sud pittoresco delle ragazze.

«Dove andate di bello?» domandò davanti al finestrino abbassato dell'auto di Romina.

«A fare la spesa, Meo. Ti serve qualcosa?»

«Grazie, ho appena finito di procurarmi il necessario. È il mio giorno libero, stasera ho gente. Volete unirvi?»

Stella e Romina si scambiarono un'occhiata. Le adunate di chirurghi, ortopedici e ginecologi che regolarmente riempivano l'appartamento di Bartolomeo, d'inverno, e d'estate facevano lavorare a pieni giri il barbecue, non si erano rivelate negli anni granché promettenti sul piano delle prospettive erotiche. Ma, considerò Romina, "alla vigilia di un incontro uraniano è opportuno tenere bene d'occhio l'orario dei treni e non lasciarsene scappare nessuno".

«Volentieri» disse perciò sotto lo sguardo perplesso di Stella.

«Vi aspetto dopo le otto».

«Grazie».

«Ah, ragazze. Un consiglio: per incontrare giovani professionisti in uscita dallo studio, al supermercato bisogna andare la sera, non alle quattro del pomeriggio».

«Ti pare che abbiamo l'aria...» protestò Stella.

«Sì ce l'avete» replicò il chirurgo. «In alternativa vi suggerisco il reparto mountain bike di Decathlon oppure Eataly, prima di cena. Auguri». E si dileguò.

«Si vede così tanto che siamo in cerca?»

Stella era amareggiata. Temeva che avrebbero finito per invecchiare

insieme in quel luogo come due inseparabili zitelle.
«Io veramente un fidanzato ce l'ho» borbottò Romina.
«Matteo non è un fidanzato» le fece notare Stella.
«E cos'è?»
«Una carogna».
«Sempre meglio che niente».
Si pentì all'istante di quella frase.
«Fantastico! Meno male che volevi troncare...»
«Non lo so, sono confusa. Le sole cose che sono sicura di volere sono scritte qui, nella nota della spesa».

Quanto al supermercato, aveva ragione Meo. A quell'ora era popolato da giovani madri con il carrello pieno di bambini da zero a quattro anni e pensionati con il sacchetto di stoffa ripiegato portato da casa in una mano e il portafoglio in finta pelle nell'altra. Vecchietti per la maggior parte poveri, tristi e rabbiosi, pieni di rancore verso ogni forma di vita e di gioventù. Il settore ortofrutta era stato riallestito da poco e trasformato da qualche anonimo regista in un vezzoso mercatino di campagna tutto tele di iuta e tendine a quadretti. I prodotti parevano altrettanto finti, come facessero parte della scenografia. Le melanzane brillavano di un viola così lucido che pareva verniciato di fresco, le fragole fuori stagione provenienti dall'Africa avevano la tinta e il turgore di una caramella, i pomodori Pachino, tutti dello stesso calibro, scelti con la precisione di un esperto di balistica, stavano allineati dentro le confezioni di plastica appannate di condensa. Romina si avviò alla chetichella verso il frigorifero delle insalate già lavate.
Stella la fulminò. «Non vorrai mica comprare questa roba? Lo sai che non si acquista cibo fresco in posti del genere». Il tono era quello di chi ha la certezza di avere le tavole della legge dalla sua parte. Romina si arrese subito, era una vecchia battaglia. «Va bene, vado a

prendere l'olio». Stella approvò. «Bravissima. Io mi occupo dell'occorrente per le torte».

Stringendo in mano l'elenco, Romina si avviò a passo svelto. Nella suddivisione dei compiti, le erano riservati gli acquisti più semplici. L'acqua minerale, i fazzoletti di carta, la passata di pomodoro. Roba confezionata da prelevare dallo scaffale e posare dentro il carrello senza il minimo contributo creativo. A chi non considera importante la differenza tra un biscotto fatto in casa e uno industriale non si può affidare un incarico delicato come la scelta del cibo. Questo, almeno, era il punto di vista di Stella.

La fila di bottiglie del suo extravergine preferito, spremitura a freddo da olive biologiche certificate dell'Imperiese, si trovava sull'ultimo ripiano di uno scaffale altissimo, in proporzione alle misure di Romina. Alzò la testa e allungò il braccio. Le bottiglie erano sistemate parecchio al di sopra della punta delle sue dita. Cercò un aiuto, ma in quel momento di inservienti non c'era traccia e l'unica altra cliente in vista era una giovane mamma peruviana alta, se possibile, meno di lei. Fece un rapido calcolo: tre centimetri la suola di gomma degli scarponcini che indossava quel giorno, australiani, molto utili in caso di pioggia ma non in quel caso, più il suo metro e sessantadue compresi i riccioli, vale a dire centosessantacinque, più il braccio disteso. L'olio si trovava a occhio e croce a due metri e dieci: primato mondiale femminile di salto in alto.

Tentò ugualmente. Lanciò un'occhiata in giro. Sempre nessuno. Cercò un equilibrio stabile sui piedi, si sollevò sulle punte e distese il resto del corpo verso l'alto in una posizione di stretching statico, come in una lezione di Pilates. Il risultato di quello sforzo fu che con l'unghia riuscì appena a sfiorare l'etichetta nella parte inferiore di una bottiglia, in corrispondenza della scritta "nuovo mosto". Mentre Romina grattava la bottiglia nel tentativo di farla avanzare, e invece quella scivolava sempre più indietro, e lei rischiava di perdere l'equilibrio e rovinare sullo scaffale, proprio sopra la sua testa comparve una mano che prese l'oggetto senza alcuna difficoltà e glielo porse con un garbo che le parve celestiale.

Sul polso sinistro, sbucato dalla manica del giaccone, vide un tatuaggio. "Un albero. Interessante". E questa fu la prima cosa di lui che notò.

Voltandosi, si rese conto che con il naso gli arrivava più o meno all'altezza dello sterno. "Per baciarlo" pensò "avrò bisogno di uno sgabello".

5

“Che pensiero folle e idiota!” Romina afferrò la bottiglia dalla mano dello sconosciuto e cercò di ricomporsi. Ma era tutta scombussolata. Lui stava fermo proprio davanti a lei. Gli puntò addosso i suoi grandi occhi nocciola. Lui si ritrasse. «Scusa» disse. «Non volevo spaventarti. È che ti ho vista in difficoltà…»

Romina cercò di far uscire dalla bocca delle parole, parole qualsiasi, ma non venne fuori nulla.

«Ti senti bene?» insistette lui.

«Tutto a posto, grazie. Sei stato davvero m-molto gentile» riuscì a rispondere, dopo alcuni secondi, balbettando un po’. Faticava a organizzare i pensieri e mettere in moto il sistema verbale. “Crederà che sono muta come la Sirenetta”. A mandarla nel pallone era il fatto che quel tizio dall’aspetto formidabile, avvistato poco prima nel reparto panetteria, dietro la grande cesta delle baguette, adesso fosse lì e stesse attaccando bottone proprio con lei. Era così alto, così bruno. Si sentiva sopraffatta dalla sua presenza fisica, come se si trovasse ai piedi del Gran Canyon o delle Cascate del Niagara

«Vieni spesso a fare la spesa qui?» Lo sconosciuto stava chiaramente cercando di avviare la conversazione, cosa che rendeva Romina ancora più scombussolata.

«Come? Sì, più o meno una volta alla settimana».

«C'è un motivo particolare per cui hai rischiato di slogarti una spalla arrampicandoti su questo scaffale?» La situazione sembrava divertirlo molto.

«Ho una convivente fissata con il cibo sano».

A quelle parole lui parve deluso. «Ah. Capisco».

«No, no, non hai capito. È solo un'amica. Cioè. Voglio dire. Viviamo insieme. Non *stiamo* insieme».

Si sarebbe morsicata la lingua. Come le era potuto venire in mente di fare quella precisazione così allusiva e discriminatoria? Magari lui era felicemente gay e lei aveva appena fatto la figura della persona gretta e omofoba. Sarebbe stato molto meglio essere diretta e fargli sapere subito: "Sono single!" Il che tecnicamente non era vero, anche se presto lo sarebbe diventata.

Lo sconosciuto non fece caso a tutto questo, anzi riacquistò all'istante il buonumore. Pareva disporre di una scorta inesauribile di domande.

«Abitate qui vicino?»

«Sulla collina, quassù. Hai presente dove c'è il vecchio castello?»

«Sì, ho dei pazienti da quelle parti...»

La conversazione, finalmente decollata, venne però subito interrotta. Qualcosa addosso all'uomo incominciò ad emettere un suono e una vibrazione.

«Ti squilla una tasca» disse Romina.

«Perdonami» si scusò lui, leggendo il numero sul display.

«Niente. Ci mancherebbe. Fai pure».

E rimase lì ad aspettare, sentendosi una stupida.

Ne esaminò l'abbigliamento, mentre lui era voltato. Anfibi, parka e jeans scuri. Qualsiasi fosse il suo lavoro, aveva l'aspetto di un militante No Tav. Lo ascoltò parlare di una piccola di sei mesi con una displasia congenita dell'anca.

«Pediatra?» gli domandò, quando ebbe terminato la conversazione.

«No, veterinario» spiegò lui «si tratta di un Labrador».

Romina non fece in tempo a trovare la presenza di spirito di domandargli se avesse lo studio da quelle parti, che Stella sbucò dalla corsia alla guida del suo carrello. Romina a quel punto si distrasse, il telefono di lui riprese a suonare, e il momento passò.

Gli rivolse un cenno di saluto mentre l'uomo, che nel frattempo aveva cambiato espressione, si era ripiegato sopra il cellulare come un salice piangente. Non dovevano essere arrivate buone notizie da quella chiamata. Lui, in ogni caso, non si era accorto del suo rapido congedo. Parlando fitto fitto, era scappato via.

Romina impiegò alcuni istanti a tornare sul pianeta Terra.

«Chi era?» s'informò Stella non appena si fu allontanato.

«Boh».

«Come, non lo conosci?»

«Purtroppo no».

In libreria, più tardi, sceglieva le parole giuste per descriverlo ad Agata. «Molto alto, bruno. Occhi verde scuro. Ha i capelli...»

«Ha i capelli? Davvero?»

«Smettila. Non fare la scema».

La trance erotica era incompatibile con alcun tipo di ironia. «I capelli lunghi. Raccolti in una coda».

«Ma tipo un ballerino di flamenco?»

Romina sbuffò per la terza volta, sempre più infastidita. I giovani d'oggi non erano proprio capaci di prendere qualcosa sul serio. Stava provando a far capire alla stagista quanto fosse rimasta impressionata da quell'incontro. Ma era come leggere Proust ad un bambino di sei anni. La ragazza le puntava addosso un sorrisone vacuo e uno sguardo pieno di stupore, mentre Romina cercava di mettere a fuoco il soggetto. «Un fascino tempestoso, non so come spiegarti».

«Tempestoso in che senso?»

«Insomma, un uomo alto con la coda».

«Tanta roba, eh, 'sto tipo?»

Romina considerò che ai suoi tempi a chi si esprimeva in quel modo la laurea in lettere non l'avrebbero data.

«Conosci qualcuno che corrisponda all'identikit?»

«Non mi pare. Uno così me lo ricorderei».

«Fa il veterinario».

«Che buffo».

«Perché buffo?»

«No so, da come l'hai descritto pareva più un giocatore di rugby».

«Invece è un veterinario. Conosci veterinari? Prendi l'aperitivo con veterinari? Vai a ballare la techno con veterinari?»

«E che ne so? Il sabato sera sono tutti strafatti, parlano a malapena e certo non di lavoro. Perché non chiedi al tuo veterinario?»

Romina rivalutò istantaneamente i giovani d'oggi.

«Ma certo!» esclamò «Come ho fatto a non pensarci?»

Pescò il cellulare da in fondo alla borsa e iniziò a scorrere la rubrica. Avrebbe dato fondo alle proprie conoscenze. Avrebbe chiamato la specialista che curava i suoi gatti e poi gruppi animalisti, volontari, associazioni, ambulatori, cliniche aperte giorno e notte. Se necessario, avrebbe passato al setaccio l'intero ordine dei veterinari.

In quel momento, mentre sul retro della libreria la caccia all'uomo stava per avere inizio, si sentì sbattere con violenza la porta d'ingresso. Uno *sbam* che fece tremare le vetrine.

«Dove siete tutti, cazzo?»

Un rumore di passi invase i locali. Un ticchettio che rimbombava forte sull'antico pavimento di cotto.

«Siamo qui dietro...» disse Romina a voce alta.

«Sempre nel posto sbagliato» commentò sarcasticamente la donna bellissima che era appena entrata in libreria e ora avanzava verso l'ufficetto sul retro sui suoi tacchi dodici con la tenuta di strada di un'Audi, senza un beccheggio.

Si fermò davanti alla scrivania dalla quale spuntavano i mezzibusti di Romina e Agata. Distolta l'attenzione da quel che stavano facendo – una intenta a controllare una fattura, l'altra col cellulare in mano – le rivolsero, per ragioni diverse, uno sguardo interrogativo.

La stagista non conosceva Eva, perciò l'impatto della visione d'insieme, su di lei, fu potente.

«Buongiorno» disse, ipnotizzata.

I suoi occhi erano fissi poco sotto i malleoli della nuova arrivata.

«Visto che scarpe bastarde? Ma tu chi sei?»

«È la nuova stagista, Agata. Agata ti presento Eva, un'amica storica».

«Storica sarai tu, bella».

E, detto questo, la donna bellissima cominciò a girare per le stanze della libreria, zigzagando tra gli scaffali.

«Cerchi qualcosa?» le domandò Romina.

«Ho i capelli elettrici, con questo secco. Non piove mai». Attraversò la stanza come fosse stato il salotto di casa sua. «Possibile che non ci sia neanche uno specchio qui dentro? Solo foto di scrittori morti?»

«Sei venuta per pettinarti?»

«Ma no, tesoro, sono qui per salutare teee! A proposito, dov'è Stella?»

«A fare delle commissioni».

Romina provò un po' di invidia per la socia che aveva evitato quella visita. Nei confronti di Eva nutriva sentimenti contrastanti dai tempi del liceo. Far parte del ristretto entourage della più bella della scuola le aveva fatto guadagnare parecchi punti, agli occhi del mondo. Ma aveva pagato l'appartenenza a quel cerchio magico a caro prezzo. Non si contavano le volte in cui la cosiddetta amica le aveva soffiato sotto il naso un promettente fidanzato. Ripensarci le faceva ancora sanguinare il cuore.

Non poté fare a meno di rivolgersi a lei con tono acido.

«Che ci fai qui?»

«Difendo un cliente che abita da queste parti. Si è frantumato i legamenti crociati giocando a tennis, l'idiota, e non poteva venire in studio. Così eccomi qua».

Eva aveva disinvoltamente glissato sull'accoglienza freddina ricevuta da quella che un tempo era stata una delle sue più devote ancelle.

«Possiamo offrirle qualcosa?» le chiese Agata, molto colpita.

Era capace di cogliere all'istante l'allure di una persona baciata dalla fortuna e dal successo. Qualità che dal suo punto di vista di stagista sottopagata meritavano ogni tipo di onore e reverenza. Eva lanciò un'occhiata perplessa al banco delle tisane e delle torte: «Grazie, sto bene così».

Romina intanto aveva cambiato mood. Nel giro di pochi istanti l'aria accigliata aveva lasciato spazio a un sorriso.

«Ma che bella sorpresa ci hai fatto!» esclamò all'improvviso, e l'aria tutt'intorno incominciò a vibrare di energia.

Da alcuni secondi, da quando un'ideuzza le aveva fatto cambiare umore, aveva cominciato a guardare la vecchia conoscenza, ricomparsa proprio quel giorno come l'ennesimo segno del destino, con occhi nuovi e un'ondata di fiducia. Mentre quella con evidente disgusto declinava l'offerta di una fetta di torta al rabarbaro, nella sua mente aveva preso forma un'intuizione.

«Lavora ancora per te» le domandò «quell'investigatore?»

Eva la osservò con aria grave.

«Porca vacca, ti sei cacciata in qualche guaio?»

«No, va tutto bene. È che sto cercando un veterinario».

«Di veterinari te ne trovo quanti ne vuoi, baby. Non c'è bisogno di scomodare i detective dello studio».

In effetti in condizioni normali non sarebbe valsa la pena sguinzagliare i segugi per andare a caccia di uno specialista il cui indirizzo si sarebbe facilmente potuto trovare su internet. Ma quelle non erano condizioni normali, quella era un'emergenza. Non c'era un nome, né un indirizzo, solo un vago identikit. Così, pur consapevole che non ci fosse nulla di più insensato che dare seguito con i fatti alle previsioni della maga, Romina si ritrovò a spiegare l'accaduto alle orecchie insolitamente disponibili del nemico. Ovvero di Eva. A fine racconto, questa si prese qualche secondo per riordinare le idee prima di esporre il piano.

«Quanti abitanti ha questo paesino?»

«Cinquantaseimila. Non è proprio un paesino».

«Cacchio, così tanti? Bisogna mettersi subito al lavoro».

6

Negli stessi istanti nei quali al quartier generale di "Non è una Pizza" quel ristretto gruppo di ufficiali metteva a punto la strategia che nell'arco di pochi giorni avrebbe dovuto stringere il cerchio attorno al veterinario, lontano da Moncalieri un uomo rifletteva sul proprio futuro. Disteso sul letto del suo buio e umido appartamento al primo piano di via Sant'Agostino, nel centro di Torino, proprio nel cuore del Quadrilatero Romano, guardava il soffitto e rimuginava sul da farsi. Aveva appena ricevuto lo sfratto dalla padrona di casa, un'orribile gran dama dell'alta borghesia, del tutto insensibile al suo fascino *maudit.* Non capiva come potesse prendersi tanto a cuore la causa dei bambini cardiopatici dell'ospedale Regina Margherita, dove prestava opera di volontariato, e ignorare bellamente le ragioni per le quali un intellettuale precario fa fatica ad arrivare alla fine del mese.

Essendo uomo dai molti interessi, con la capacità di svolgere più di una attività allo stesso tempo, mentre una parte del suo cervello speculava su grandi scelte esistenziali, e a quel punto residenziali, l'altra parte mandò un input al corpo, che decise di voltarsi sul fianco, e alla lingua, che cominciò a stuzzicare, con movimenti circolari, il piccolo ombelico a forma di bottone di Tatiana. Chi fosse Tatiana lo sapevano bene i clienti che si rifornivano nel negozio di abbigliamento maschile dietro piazza Castello, meta obbligata per i torinesi eleganti che amavano lo stile classico dei nobili britannici. Nessuno come quella graziosissima commessa era capace di offrire consigli sul taglio dei pantaloni di tweed e l'abbottonatura delle giacche di cachemire.

«Che delizioso bocconcino» si disse Matteo prima di rituffarsi fra le lenzuola.

Poi, come gli succedeva spesso, esaurito lo slancio, assaporate le delizie di quelle labbra rosse gustose come ciliegie, di quei capelli di seta luminosi come fili doro, di quella pelle candida e soda come quella di una dea, si ritrovò a osservare sgomento, dal bordo del letto, il baratro del "dopo".

«Dove hai detto che si trova esattamente Tallinn?»

«Te l'ho già spiegato, amore. In Estonia».

Matteo conosceva perfettamente la geografia delle repubbliche baltiche, ma non gli era venuta in mente una domanda migliore. Da alcuni minuti arrancava con il minimo impegno in quel genere di vacue conversazioni sull'uscio che anticipano il commiato dell'ospite. Biascicava qualche monosillabo, mentre cuore e cervello, ben sincronizzati, non vedevano l'ora di tornare alla stesura della sua nuova fatica editoriale, nella quale si era gettato senza risparmiarsi mentre ancora era in corso la promozione del libro di poesie. Si trattava, questa volta, di un saggio sul regista russo Vitalij Kanevskij. Una materia sulla quale aveva pensato che la longilinea ragazza, nata grosso modo da quelle parti, gli sarebbe stata di qualche utilità.

«Kanevskij? Mai sentito. Chi è, uno stilista?»

Era tutto quello che gli era riuscito di tirar fuori da quella boccuccia. Ora era tardi. Il tempo di Tatiana abbondantemente scaduto. Mentre la fanciulla s'intratteneva sotto la doccia canticchiando *Paparazzi* di Lady Gaga, Matteo si buttò, ancora nudo, sul computer.

"... Sopravvissuta al regime sovietico e allo spaesamento del dopo perestrojka... l'estetica di Vitalij Kanevskij... un'atonia di forme, un'afasia di contenuti... la disillusione post-comunista... l'intero cinema europeo prosciugato di ogni slancio ideologico…" Si complimentò con se stesso. "Buono, ottimo materiale". Lesse avidamente il resto.

Circa un quarto d'ora dopo, quando Kanevskij aveva ormai superato lo spaesamento del dopo perestrojka e si era rimesso finalmente al lavoro sulla sua ultima pellicola, tuttora incompiuta, la ragazza arrivò fischiettando alle spalle di Matteo e lo avvolse in un abbraccio. Profumata e circonfusa da un alone di vapore.

«Vieni da me stasera, allora?»

«Stasera devo vedere la mia fidanzata» rispose Matteo, gli occhi incollati allo schermo, con deplorevole disattenzione.

«Che fidanzata? Non mi avevi detto di avere una fidanzata!» sbottò Tatiana.

«Ah no?»

Lei emise una serie di suoni gutturali in una lingua sconosciuta, che Matteo suppose fosse estone. Il tono non era amichevole.

«Scusa, me ne sono dimenticato. Ora se non ti dispiace dovrei lavorare…»

E affondò gli occhi sul display dopo essersi buttato addosso una vecchia tuta grigia.

Tatiana lo fissò immobile. Gli occhi di ghiaccio. Se quello sguardo avesse avuto il potere di pietrificare, Matteo si sarebbe trasformato in una statua egizia. La bocca di lei aveva smesso di assomigliare a una ciliegina matura e pareva piuttosto una prugna raggrinzita. Una lacrima stava per spuntare tra le folte ciglia chiare che Matteo al primo incontro aveva trovato irresistibili.

«Va bene» annunciò, con la determinazione che ci si aspetta da una ragazza del nord. «In questo caso, per me finisce qui».

Matteo rispose senza sollevare gli occhi dalla scrivania. Un po' per non perdere la concentrazione e un po' per imbarazzo. Nelle fughe con disonore era un maestro.

«Ok, perfetto. Fai attenzione, quando esci, a chiudere bene la porta».

Sulla copertina del volume che Tatiana sfilò a quel punto dalla libreria, un anziano regista della Nouvelle Vague con indice e pollice di entrambe le mani segnava il rettangolo dell'inquadratura che gli incorniciava il viso rugoso e occhialuto. La ragazza lo scaraventò contro il muro, mancando Matteo per un soffio. Poi se ne andò, chiudendo talmente bene la porta che un pezzo di intonaco, per la violenza del colpo, cadde sul pavimento.

Lo scrittore restò al suo tavolo, assorto nella lettura. E sospirò come una mamma paziente.

7

«*Suaveménteeee... bésaaameee...*» Meo caracollò verso il carrello delle bottiglie, si fermò canticchiando e prese a far roteare il decanter accompagnando il movimento con tutto il corpo, come una ragazzina con l'hula hop.

«Desidero che prestiate la massima attenzione a questo vino», declamò rivolto agli ospiti. Undici teste si voltarono verso di lui, accogliendo l'annuncio con un mezzo applauso. Era un anfitrione perfetto. Tra i fornelli un artista, creativo e pieno di fantasia. Più che un cuoco, un performer.

In cucina il *Talismano della felicità* covava come un vulcano spento, sempre in procinto di sprigionare la sua energia. Meo considerava quel libro di ricette al pari di un amuleto, convinto che il titolo corrispondesse al suo reale potere di migliorare l'esistenza di chi lo possedeva. Non sempre la qualità dei piatti corrispondeva alla qualità della vita, non era così ingenuo da pensare il contrario, ma in generale era convinto che preparare qualcosa di buono e mettersi a tavola con un gruppo di amici costituisse un primo passo verso un'esistenza soddisfacente. Aveva imparato a cucinare spinto da questa missione: portare a livelli di eccellenza l'approccio conviviale avrebbe reso la sua vita un'allegra sarabanda e non la valle di lacrime della quale si lamentavano costantemente i suoi coetanei.

La compagnia era eterogenea. Romina e Stella si erano mischiate ai medici, un gruppo molto compatto con una decisa propensione all'alcol e uno spiccato interesse per il triathlon. Tra questi c'era anche Alberto, che si era portato dietro Carol. Alla destra del padrone di casa sedeva Jorge, il suo nuovo compagno, cubano, di vent'anni più giovane e bello come un dio greco. Si sarebbe detto un personal trainer, mentre in realtà era impiegato alle poste.

«Possiamo sederci a tavola?» bisbigliò questi a Meo in un orecchio.

«Aspettiamo ancora una persona. Sarà qui a minuti».

Jorge contò gli ospiti e poi le sedie.

«Con il nuovo saremo tredici. Contento tu...»

«In questa parte del mondo abbiamo smesso di credere a questo genere di baggianate dai tempi dell'Illuminismo» replicò Meo con un largo sorriso. Trovava la *naïveté* di quel ragazzo assolutamente sexy. Ristabilire la propria supremazia intellettuale faceva parte del gioco erotico.

Servì gli aperitivi, una colorata tavolozza di finger food ispirati al Carnevale. «La cucina è come la vita» disse, posando sul tavolo l'ultimo vassoio: «Una roulette di combinazioni».

In quel momento si sentì suonare il citofono.

Sull'onda dello slancio creativo che nel pomeriggio gli aveva consentito di portare a termine uno degli ultimi e più delicati capitoli della biografia di Kanevskij, Matteo aveva partorito un'idea che, nella sua semplicità, gli era parsa veramente geniale. Aveva deciso di comunicarla subito a Romina ma aveva trovato il cellulare spento. Sapeva che quella sera sarebbe stata ospite da Bartolomeo.

"Meglio così" aveva pensato "sarà una sorpresa".

Animato dalle migliori intenzioni, con addosso un impermeabile imbottito che lo faceva assomigliare al Tenente Colombo, *Il testamen-*

to di Rilke in una tasca e una bottiglia di prosecco in mano, il poeta stava ora salendo le scale verso l'appartamento al piano intermedio della casa sulla collina. Divorò i gradini a due a due, limando mentalmente i dettagli del discorso. L'improvvisata, ne era certo, sarebbe stata sensazionale.

Lungo la tavolata, dopo lo squillo del citofono, serpeggiava l'impazienza. Attorno alla sedia rimasta vuota erano state formulate varie ipotesi, ma il padrone di casa, avvertito poche ore prima, aveva mantenuto il più stretto riserbo. Un tipo preciso e affidabile, come ci si aspetta da un chirurgo. Il radiologo seduto alla sinistra di Romina stava intanto provando, con scarso successo, ad attaccare discorso.

«Ah, quindi sei fidanzata...» commentò, deluso. «E chi è il fortunato?»

Il tempismo fu perfetto. Lei si voltò verso la porta, dove in quel momento aveva preso forma la figura arruffata e, per qualche ragione circonfusa da un alone di euforia, di Matteo. Indicò con il pollice verso l'ingresso, seria: «Lui».

L'entrata fu abbastanza teatrale da catturare l'attenzione di tutti. Una volta completata *la mise en place* degli invitati, Jorge fu contento di poter dare il via alla sala macchine e, nonostante il numero dei coperti continuasse a suggerirgli foschi presagi, far finalmente decollare il primo giro di portate. Regolò sul timer del forno i pochi minuti necessari a far gratinare le capesante.

«Amore!» esclamò Matteo raggiungendo velocemente la sedia alla destra di Romina, quella rimasta appunto vuota.

Lei lo fissò. «Matteo, che ci fai qui?»

Anche uno psicologo alle prime armi avrebbe colto nel tono tiepido della ragazza un elemento poco promettente. Ma l'egocentrismo di Matteo funzionava spesso come uno scudo termico che lo teneva al riparo dai feedback negativi della dura realtà. Incurante della reazione di Romina, proseguì con la determinazione di un kamikaze. Deciso ad andare fino in fondo e portare a casa il risultato.

Il gruppo di medici interruppe i discorsi sul triathlon per ammirare il coraggio di quell'uomo, comparso all'improvviso nel salotto del loro collega Bartolomeo, a rompere la liturgia delle solite cene.

«Tipo interessante» commentò una pediatra.

«Ha un'aria febbrile che mi preoccupa» replicò lo psichiatra che le sedeva di fronte, accigliato come se avesse appena visto entrare in casa un serial killer.

Matteo non era tipo da farsi scoraggiare da qualche occhiata scettica. Le sue prestazioni ai Poetry Slam, fosse stato così insicuro, sarebbero state sempre un fiasco. Agganciò gli occhi di Romina e, certo di avere la sua totale attenzione, le sussurrò in un orecchio: «Aspetta e lo saprai».

La suspense non rese piacevole la cena di lei. Ma la più preoccupata di tutti, ancor più dello psichiatra che seguitava a lanciare a Matteo occhiate torve sotto un paio di spesse sopracciglia, pareva essere Stella. Stretta tra un epatologo e un ecografista che tracannavano un bicchiere di rosso dopo l'altro – tanto che lei si chiese se fosse l'alcol a fungere da benzina per quegli atleti dilettanti, viste le prestazioni cronometriche nel nuoto, nella corsa e nella bici di cui avevano appena finito, gasatissimi, di vantarsi – teneva lo sguardo fisso su Matteo, convinta, sicura, più che certa, che prima del dessert le avrebbe in qualche modo rovinato la serata.

Quando, pochi minuti dopo, lo incrociò in cucina – lei stava dando una mano a sparecchiare, lui era andato a controllare in frigo che lo spumante fosse arrivato alla giusta temperatura – fu diretta. «Stai tramando qualcosa. Sputa il rospo».

«Non essere così aggressiva» replicò lui, soave. Conosceva abbastanza bene le donne da sapere che non sopportano di essere definite aggressive, soprattutto quando lo sono. «E comunque non ti riguarda».

Stella girò i tacchi e tornò a tavola. Non era quello il terreno di scontro giusto per affrontare l'uomo che da anni, con i suoi continui tradimenti, rendeva la vita della sua amica e convivente un inferno. A tempo debito, pensò. Non sarebbe mancata l'occasione di affrontarlo. Se Romina non avesse trovato il coraggio di portare la sua scelta fino in fondo e scaricarlo, ci avrebbe pensato lei.

Si sedette al suo posto giusto in tempo per sentire il tintinnio del coltello di Matteo contro il vetro della bottiglia che teneva in mano.

«Silenzio gente!» disse, richiamando l'attenzione. «Ho un annuncio».

Tutti gli occhi si spostarono nuovamente su di lui.

«Dopo anni di colpevole attesa, ho preso una decisione...» esordì.

«Ora le chiede di sposarlo!» bisbigliò Jorge in falsetto.

Sulla tavolata regnava il silenzio. Meo corse ad abbassare il volume dello stereo.

Matteo si alzò in piedi. «Romina, ti amo. Non ha più senso restare in sospeso. Credo sia venuto il momento di fare il grande passo».

«Glielo chiede, glielo chiede» ripeté Jorge, euforico.

Il resto del gruppo seguiva Matteo con apprensione, come se stesse attraversando lo spazio tra due grattacieli camminando su una fune.

Romina aveva cambiato espressione. Le intenzioni di rottura erano evaporate all'istante. Una compressa effervescente di romanticismo ad assorbimento rapido cominciava a fare effetto all'interno del suo stomaco. Nei suoi occhi si era dipinto uno strato di dolcezza. Non vedeva l'ora di arrivare al finale.

«E quindi?» lo incalzò.

«Quindi, amore, ti sto dicendo che voglio che tu venga a vivere con me».

«Matteo, ma è fantastico!»

Si stupì lei stessa del proprio unilaterale entusiasmo. Che lo si volesse o no, questo genere di proposte aveva il potere di cancellare ogni peccato e ogni rancore. E di togliere i freni all'immaginazione. Bastavano pochi secondi di libertà, seguiti alle parole "matrimonio" o "convivenza", per dare l'avvio a un massiccio piano edilizio per la costruzione di castelli in aria.

«E dove mi porti a vivere?» chiese con gli occhi luccicanti.

La domanda, dopotutto, era legittima.

«Ma qui, Romina!» rispose lui.

«Qui? Intendi... qui? A casa mia?»

«Nostra» precisò Stella, pietrificata dall'orrore.

«Non hai sempre detto...» Matteo si guardò attorno, in cerca di conferme. «Che questo posto è un paradiso?»

Romina sorrise, interdetta. Prese tempo. Ma la sua esitazione venne sopraffatta dall'entusiasmo della sala. Si abbandonò alla corrente e lasciò che Matteo la baciasse sulla bocca con passione, a suggellare il patto.

Solo a quel punto Stella si alzò da tavola di scatto, come se una molla si fosse automaticamente azionata sotto la sua sedia, e si rifugiò in bagno.

«Hurrà!» esclamò un medico tra i più alticci, rompendo il silenzio.

Il tappo del prosecco cedette, sotto la pressione delle dita di Matteo, ed emise un piccolo botto. Quindi, senza Stella, si procedette con il brindisi.

Carol sfiorò con il suo bicchiere quello di Alberto e, guardandolo dritto negli occhi, con la soddisfazione di Einstein davanti alla formula della relatività, gli ricordò che con certe forze c'era poco da scherzare. «Ve l'avevo detto, io, che qui sarebbero successe cose».

8

Dalle finestre dell'appartamento di Carol si vedeva in lontananza la Mole Antonelliana. Il che dava agli amanti di passaggio, quando si risvegliavano nel letto dove la sera prima si erano addormentati ubriachi, la certezza di trovarsi a Torino. La vita di Carol era basata su alcune semplici regole. Con gli uomini, la principale era questa: niente tragedie e patemi. Aveva trovato il sistema per viaggiare emotivamente leggera. Faceva in modo che le sue storie non durassero mai abbastanza da arrivare al punto in cui le dinamiche si complicano e la gestione della coppia richiede qualcosa in più della tecnica di base. Si congratulò con se stessa per la bontà della scelta. Non sarebbe mai finita come quella ragazza, Romina, presa in trappola come un piccolo mammifero dal predatore: quel tizio spettinato che era arrivato all'improvviso a scompigliare la serata. O come quell'altra, la biondina salutista, con quell'aria spersa e desolata, alla quale il tizio aveva senza alcun dubbio mandato di traverso la cena. Non si sarebbe mai fatta accalappiare in quel modo, lei. Non avrebbe permesso a nessun uomo di piantare le tende nella sua camera da letto.

Come ogni mattina Carol si era svegliata all'alba per compiere sulla terrazza, rivolta a Levante, il rito del saluto al sole. Poi, per prima cosa, aveva dato da mangiare al principe, Aoi, un grassone tutto nero che cinque anni prima era stato un batuffolo spelacchiato trovato tra i cassonetti. Anche lui un "oggetto" abbandonato al quale la ragazza aveva offerto una seconda chance. Aoi, "notte" in giapponese, le si strusciò attorno alle caviglie miagolando, in attesa del cibo. Lei tirò fuori le crocchette da sotto il lavello e riempì la ciotola. Il gatto si avventò senza la minima reticenza.

«Sei l'unico giapponese così grasso al mondo» gli disse Carol accarezzandolo sul dorso mentre quello ci dava dentro a masticare.

Sul frigorifero della cucina era attaccato con le calamite un foglio scritto a mano a pennarello con elencate alcune perle di saggezza orientale. Una recitava: "In sostanza nulla esiste, ma se c'è il tè bevo il tè e se c'è il riso mangio il riso". O le crocchette, nel caso del gatto, che pareva aver fatto sua la massima.

Aoi era il solo convivente di sesso maschile tollerato in deroga alla rigida legge della casa. Dopo avergli somministrato il consueto pasto mattutino, Carol aveva meditato, fatto colazione, fatto la doccia, si era vestita e aveva preparato il necessario. Durante la meditazione aveva visualizzato una delle immagini che considerava più efficaci: la pasta della pizza, lavorata e massaggiata dalle manone e dagli avambracci virili di un pizzaiolo tatuato. Oggi, si disse, sarebbe stata morbida, cedevole e malleabile come quella pasta. L'aspettava una giornata impegnativa: al Castello di Rivoli sarebbe arrivato l'artista scandinavo per il primo sopralluogo della mostra. Per l'allestimento gli servivano frigoriferi dismessi. Carol aveva lavorato per settimane alla raccolta di una mezza dozzina di elettrodomestici con le giuste caratteristiche. Le pareva di aver svolto il compito al meglio e di aver procurato il materiale richiesto. Ma l'umore degli artisti, come del resto quello di Clotilde, aveva imparato, era sempre un'incognita.

Uscì nuovamente sulla terrazza, questa volta vestita, per controllare le piante. Il gelo notturno poteva fare danni. Aveva costruito con un telo di plastica trasparente una piccola serra proprio per mettere al riparo i vasi. Amava i bulbi, non a caso aveva scelto l'amarilli per il suo nuovo e più importante tatuaggio. Erano creature fragili. Erano come bambini ai quali la sera bisognava rimboccare le coperte. La fioritura invernale di una bulbosa era un evento miracoloso. Creature fragili che andavano protette.

Tutto a posto, le parve, ma la siccità persistente non giovava. Il terrazzo si affacciava su Largo Saluzzo, una delle zone più frequentate del quartiere, di giorno e di notte. Una piazzetta dall'aria parigina piena di locali e di pusher. Ma alle otto del mattino sia gli irriducibili della movida che i boss dello spaccio erano ancora a dormire. In compenso sotto i lampioni, ormai spenti, vide razzolare un cane. Un massiccio cane da slitta, le parve, accanto ad un uomo alto con i capelli scuri raccolti in una coda di cavallo. Entrambi procedevano lenti. Carol rimase a guardarli, affascinata. L'uomo, in tenuta da jogging, si sentì osservato e alzò lo sguardo. Notò la ragazza bionda affacciata alla terrazza. E rimase sorpreso quando lei, per chissà quale riflesso, alzò la mano in cenno di saluto. Lui ricambiò. «Ciao» disse. Anche se lei, da lassù, non poteva sentirlo. Le sorrise. Poi assieme al cane ricominciò a passeggiare, scomparendo poco dopo dietro l'angolo, diretto verso il Valentino.

9

Stella si svegliò presto senza aver quasi dormito. Aprì la portafinestra della camera da letto e uscì in giardino. Era un'altra luminosa giornata di febbraio, assolata e tiepida. L'aria frizzante, il cielo terso. La foschia ricopriva l'orizzonte come uno strato sottile di cotone, un velo che diventava ogni minuto più trasparente e che di lì a poco sarebbe del tutto sparito. Nell'azzurro, piano e denso come uno sfondo colorato a pastelli a cera, un falchetto disegnava cerchi concentrici con il suo volo regolare. Emetteva piccoli gridi acuti. Le finestre dell'appartamento su quel lato si affacciavano sulla conifera monumentale che sovrastava il prato, rinfrescandolo d'estate con una vasta zona d'ombra. Un pino gigantesco che accoglieva la comunità degli scoiattoli, perennemente in fibrillazione.

Il sole anticipava la primavera. Sui cespugli c'erano piccole, innumerevoli gemme pronte a scoppiare come palloncini. "*The miracle of life*", lo chiamava Robert. Che osservava il cambio di stagione commosso come un novello padre in sala parto. Dalla sua sigaretta usciva un filo di fumo. Era seduto sulla panchina del prato est, a godersi lo spettacolo del sole che risaliva piano l'azzurro chiaro del cielo. Stella lo raggiunse. I capelli biondissimi di lei e la sua pelle diafana nella luce del mattino apparivano ulteriormente schiariti. Era pallida e stropicciata come se fosse stata passata in lavatrice, lavata, candeggiata e poi centrifugata.

Robert teneva lo sguardo fisso sull'orizzonte, così assorto che si sarebbe potuto pensare che lì sotto, al posto della piana industriale con i suoi orrendi capannoni, ci fosse il mare.

«Perché non sei venuto ieri sera?»

Lui espirò.

«*Busy*» rispose in una nuvola di fumo.

«Ti sei perso uno spettacolo pirotecnico»

«P-i-r-o-t-e-c-n-i-c-o?»

«Fuochi d'artificio, *fireworks*. Matteo vuole venire a vivere qua».

«Uhm-uhm»

«È una catastrofe, Robert. E' l'alluvione nella risaia, l'invasione delle cavallette che si mangiano il raccolto».

Il giardiniere colse appieno la metafora.

«Odio quell'uomo. È come il veleno. Insopportabile, narciso, dongiovanni, egocentrico, fedifrago, nevrotico e depresso».

Robert perse il filo in mezzo a tutti quegli aggettivi.

Tornò a puntare gli occhi sul panorama. "Le parole degli umani" pensò "che gran perdita di tempo".

Ma la ragazza non smetteva di parlare e, obiettivamente, pareva in preda al panico.

«È la fine della mia vita» continuava a ripetere scuotendo la testa.

Lui disponeva di un prontuario di massime zen di una certa efficacia. Ne tirò fuori una che gli parve adatta al caso.

«Il corpo della libellula è esile» declamò in un italiano accettabile «ma attraversa ballando la tempesta».

Stella si voltò a guardarlo. Si domandò se per caso non la stesse prendendo in giro. Rimase immobile sulla panchina, meditabonda e cupa. Trascorsero in silenzio qualche minuto. Nell'aria risuonava l'eco lontana del traffico, giù in città. Il solo suono udibile distintamente era il grido acuto del falchetto, molto in alto nel cielo, sopra di loro.

«Perché la vita è così complicata?» disse Stella alla fine, alzandosi, con un profondo sospiro.

«Gente c-o-m-p-l-i-c-a-t-a» rispose Robert. «*Life is… easy*».

E soffiò dalla bocca un anello di fumo.

Neppure Romina era in forma. Aveva passato la notte insonne ad attorcigliare i pensieri attorno alla proposta di Matteo. Se quello era l'abbraccio del suo nuovo destino, non pareva giovare granché alla salute.

Mille domande l'avevano tenuta sveglia. Erano davvero sincere le sue intenzioni? Si sarebbe potuta fidare, questa volta? Avrebbe funzionato? Ma soprattutto: che ne sarebbe stato dell'amicizia con Stella? L'unica risposta, al momento, erano un paio di occhiaie scure che le avevano dato il buongiorno davanti allo specchio del bagno. E la faccia imbronciata di Stella, che ora sedeva di fronte a lei nel luogo sacro della loro amicizia: il tavolo della cucina.

Romina tentò di stemperare il pathos. «Il mondo cambia e noi intanto facciamo colazione» scherzò.

Stella tirò fuori dalla credenza un barattolo di miele di castagno. Abbozzò un sorriso, che venne fuori come un soufflé mezzo sgonfio.

«Mi avresti ferito con chiunque» disse, colma di amarezza. «Ma Matteo è un colpo veramente basso».

Romina non seppe cosa replicare. Era spaventoso come dalla sera prima la sua mente funzionasse come un lavandino senza il tappo. Spiegazioni e argomenti scivolavano via prima che riuscisse ad afferrarli, come l'anello che finisce dentro il buco. Ascoltò l'amica mentre la metteva di fronte alle sue incoerenze: un momento prima pianificava la favola d'amore con un veterinario incontrato per caso facendo la spesa e quello dopo tirava fuori dall'armadio come un vecchio cappotto il solito Matteo, l'usato sicuro, abbindolata da una promessa di matrimonio che a qualunque orecchio capace di sentire sarebbe suonata falsa.

«Convivenza» la corresse Romina. «E poi perché sarebbe falsa?»

«Perché il novanta per cento di quel che esce dalla bocca di Matteo è una balla. Da anni non mi fido di quel che dice. E lo stesso dovresti fare tu».

«Va bene, sei arrabbiata. Lo capisco e mi dispiace. Gli ho chiesto di non fermarsi a dormire qui, ieri notte. L'ho fatto per te».

«La cosa peggiore è che non me l'hai detto».

«Non lo sapevo! Sono rimasta sorpresa anch'io»

«Eri in estasi. Non ti avevo mai visto quell'espressione in faccia».

«Per la prima volta da quando lo conosco» disse Romina con aria solenne «mi sono sentita veramente felice».

Una dichiarazione tombale. Di fronte a un "mi sono sentita veramente felice" non esiste possibilità di replica.

Stella tacque e bevve il suo tè. Romina restò per un po' con lo sguardo rivolto alla finestra, assorta. Il prato, il grande pino, la siepe di viburno, gli scheletri delle lavande. Quel paesaggio familiare la riportò ai suoi doveri etici. Non si può condividere per cinque anni la casa e il tavolo della colazione con una persona e poi negarle la verità.

«In effetti» ammise «sono un po' confusa».

«Alleluia! Allora ci stai ancora con la testa. Ho pensato fossi completamente andata».

«Diciamo che ho sentimenti contrastanti. Non è facile, Stella».

«E per me pensi che sia facile? Qua è in ballo anche il mio futuro!»

«Ti ricordi la storia dei pipistrelli?»

Stella la ricordava benissimo. Quell'apertura di credito nei confronti di Matteo ora le tornava indietro come un boomerang. Rispose con un grugnito.

«Avevi ragione, è fatto così, è imprevedibile».

La riabilitazione di Batman suonava stupefacente.

«E comunque ormai gli ho detto di sì».

«Ma non ha senso! Mettere in piedi una convivenza in un momento di confusione è come fare un figlio per tenere in piedi un matrimonio».

«Stella, non capisci? Ha ragione quella ragazza, Carol: nella vita bisogna saper leggere i segnali. È il mio treno!» Poi aggiunse: «Almeno, credo».

«Bene» replicò l'amica alzandosi da tavola «se è così vado a preparare le valigie».

Romina schizzò su dalla sedia, le andò incontro bloccandole la fuga (ultimamente le fughe da tavola erano diventate per Stella un riflesso condizionato) e la strinse in un abbraccio. «Non fare così, vedrai che una soluzione la troviamo. Anzi, ho un'idea! Ce ne andremo noi, andremo a stare da un'altra parte. Così tu potrai rimanere qui».

«Certo! Invecchierò da sola in questa casa piena di gatti. Finirò scarmigliata e con le calze smagliate a occuparmi della tua colonia felina. No, grazie».

Romina non l'aveva mai vista così. Quel magma incandescente doveva covare, là sotto, da parecchio tempo.

«State pure, la casa è tutta vostra. Andrò oggi stesso in un'agenzia immobiliare per trovarmi un'altra sistemazione. Ti comunicherò il mio nuovo indirizzo. Ah, ti vendo anche le quote della libreria. È chiaro che quell'essere vorrà mettere becco anche lì e io piuttosto che averlo tra i piedi preferisco imbarcarmi su una baleniera».

Nella foga le guance avevano preso colore. La rabbia l'aveva come accesa. Non era mai stata così bella.

10

La mattina in Tribunale era stata estenuante. Tante inutili parole, tante sfiancanti procedure, tanti miserevoli clienti, rancorosi e ottusi, che dal suo punto di vista non meritavano nemmeno di stare al mondo. Nella pausa pranzo, Eva si era rintanata nel centro estetico Bora Bora, del quale era assidua frequentatrice, e si trovava ora completamente nuda e con i capelli al vento dentro una doccia solare ad alta pressione. Un pensiero l'aveva tormentata per tutta la mattinata e continuava a tormentarla. Una curiosità che la pizzicava come una punturina di zanzara: un prurito al quale non riusciva a dare sollievo.

"Che faccia avrà 'sto cacchio di veterinario?"

Rimuginò sulla domanda per i dodici minuti della doccia solare. Poi, finita la lampada, si rivestì, pagò il conto e ritornò alla macchina parcheggiata poco lontano. Richiamò il suo contatto e chiese se c'erano novità. Dall'altro capo del filo qualcuno le dettò alcune informazioni. Lei prese nota sul tablet e partì sgommando.

Dalla macchina chiamò Romina.

«Ehilà. Ho buone notizie».

«Anch'io».

«Davvero?»

«Prima tu, dai».

«Ho un nome e un indirizzo».
«Già? Che velocità».
«Hai una voce strana, non sei contenta?»
«Non so. Ieri sera Matteo mi ha proposto una convivenza. Sembra una cosa seria».
«E tu ti fidi di quello là?»
«Mah. Sono indecisa. Sembrerebbe la volta buona. Oggi chiedo conferma anche alla maga».
«Mi pare fondamentale».
Romina non colse l'ironia.
«Tu pensaci. Io comunque il veterinario che cercavi l'ho trovato» tagliò corto l'avvocatessa.
«Sei stata fantastica, ma credo che non mi serva più».
«Meglio così».
Eva chiuse la chiamata con un sorrisetto.

Dieci minuti dopo varcava il cancello di una villona in corso Fiume, nella più lussuosa precollina di Torino. Lasciò l'auto nello spiazzo di ghiaia davanti all'edificio, accanto a un suv nero. In fondo al prato s'intravedevano le sagome scure e immobili di due grossi cani, intenti a dormire placidamente. Salì una scalinata, s'infilò sotto il tempietto neoclassico dell'ingresso e si attaccò al campanello.

Venne ad aprire non la cameriera ma direttamente la padrona di casa, moglie del suo amatissimo fratello. Una giovane donna del tutto simile a lei. Stessi colpi di sole color miele, stesso nasino da principessa tendente all'arriccio, stesso sopracciglio facile allo sdegno.

«Eva!» esclamò la cognata, sorpresa da quella visita improvvisa. Era buona norma, nell'alta società, farsi annunciare da una telefonata.

«Tesoro!» Eva le sfiorò la guancia con un bacio rapido e distratto. «Sono di corsa. Volevo chiederti… Hai mica un cane da prestarmi?»

La principessa sgranò gli occhioni.

«Un cane?»

«Un cane. Uno di quei cosi pelosi che mi pisciano sugli pneumatici» disse Eva indicando le due sagome scure in fondo al giardino.

Il fratello di Eva e sua moglie erano amorevoli proprietari di una coppia di Terranova: Prugna e Mandarino. Non avevano figli e quegli animali erano la luce dei loro occhi.

«E perché ti serve un cane?»

«Lo devo portare dal veterinario».

«Non ce n'è bisogno. Stanno benissimo entrambi».

«Questo, se non ti spiace, lasciamolo dire al veterinario».

Il braccio di ferro proseguì per un po', sulla porta. L'ostinazione della cognata a non mollare il cane pareva granitica. Eva le avrebbe tirato una martellata in testa, ma si limitò a sollevare più volte gli occhi al cielo e fece appello a tutte le sue risorse, argomentando con la dialettica che adoperava con successo in tribunale. Non fosse stata capace di convincere la gente, del resto, non sarebbe stata un brillante avvocato. Vinse la partita. E ottenne di rapire Prugna per qualche ora.

«Avresti per caso anche un plaid?»

La padrona di casa recuperò malvolentieri la coperta dall'interno del suv.

Eva, che non aveva più avuto a che fare con un animale a distanza così ravvicinata dai tempi delle elementari, arrivò davanti alla sua Mercedes con il molosso al guinzaglio. La cagna aveva la testa grande come quella di un leone. Rivolse a Eva un'occhiata languida e rassegnata.

Eva ricambiò con una grattata sul testone: «Ci divertiremo, noi due».

Nella sala d'aspetto dell'ambulatorio, mentre Prugna le sbavava sulla manica del cappotto di cachemire, Eva si chiese se le persone lì dentro fossero appena tornate da sciare. Era un fatto che gli amanti degli animali fossero pronti a sacrificare lo stile alla praticità. Ma in quel posto con il casual si esagerava. Sulle spartane panche di metallo sedevano donne infagottate in giacche di pile, spessi pantaloni sformati e pedule con la suola a carro armato. Il suo tailleur di Prada e le *décolleté* nere, così adeguati al contesto del Palazzo di Giustizia, ora apparivano fuori posto in modo imbarazzante. Le pareva di essere una drag queen a un *vernissage* minimalista.

Cosa ci faceva in mezzo a quei mostri in giacca a vento? Il suo interesse per il mondo animale era pari a zero. A legarla alle simpatiche creature a quattro zampe era lo stesso rapporto che intratteneva con il *concierge* del suo palazzo: una cortese indifferenza. Cosa pensava di trovare in quel posto? Più dell'essere vestita in modo non appropriato, a farla sentire sulle spine era il fatto stesso di trovarsi lì. Più ridicolo di invaghirsi di un veterinario al supermercato era senza dubbio andarlo a cercare. Si guardò intorno, provò pietà per Prugna, strappata alla quiete del suo giardino, si pentì di averla coinvolta in quell'insensata avventura. Si sentì una rapitrice di cani, una donna capricciosa e crudele, mossa dall'unico scopo, ora come ai tempi del liceo, di soffiare il ragazzo a un'amica. Tanto tempo era passato, tanta acqua sotto i ponti, eppure non era cambiato niente.

Con un soprassalto di dignità, fece per alzarsi e andarsene. In quel momento nella sala entrò un Rottweiler. E l'umore mansueto di Prugna cambiò.

Al dottor Silvestro Gatto era occorsa l'analisi per elaborare il rancore nei confronti dei genitori per quel nome sciagurato. Gli anni delle elementari e soprattutto delle medie erano stati un inferno. Peggio di lui se l'era passata soltanto il compagno mezzo disabile con l'apparecchio a baffo e le scarpe ortopediche. Poi, al liceo, il suo corpo aveva cominciato a prendere forma, a lievitare mese dopo mese come una ciambella in forno. Il successo sociale era arrivato di pari passo. E da allora anche il fatto di chiamarsi come un cartone animato aveva smesso di essere una tortura ed era diventato il suo punto di forza. La facoltà di veterinaria gli era parsa una conseguenza naturale di quel nome, un destino già scritto – *nomen omen* – che a quel punto era stato in grado di accettare.

Gli doleva il gemello della gamba destra. Aveva ripreso a fare jogging a ritmo sostenuto, al mattino. Dieci chilometri al giorno, senza sgarrare. Il fiato ne aveva guadagnato, ma le giornate di visita sempre in piedi davanti a quel dannato lettino d'acciaio cominciavano a pesargli. Si sarebbe volentieri concesso una pausa, invece era solo in quel momento in ambulatorio. E la sala d'aspetto continuava a riempirsi di gente. Sospirò palpeggiando l'addome di un meticcio di piccola taglia che aveva già tentato un paio di volte di morsicargli il polso. Sarebbe stata un'altra lunga giornata.

«Niente di grave. Ha una colite, gli dia dei fermenti lattici. Mezza compressa sciolta nel cibo per almeno due settimane».

Trascrisse sul ricettario, ritirò nel cassetto i soldi della visita, congedò l'anziana padrona del meticcio. Si osservò nello specchio sopra il lavandino, nell'angolo di servizio della stanza dove era andato a lavarsi le mani. Prima, un gatto gli si era arrampicato in testa e gli aveva scompigliato i capelli. Tolse l'elastico. Prese la spazzola, si spazzolò e tornò a raccoglierli in una coda ben fatta. Quindi, in direzione della porta chiusa, disse con voce tonante: «Avanti!»

Nessuno entrò. In compenso dall'altra parte provenne un tramestio di unghie sul pavimento e il solito abbaiare e ringhiare di cani. Poi, però, delle urla e un frastuono metallico. In quella sala d'aspetto stava succedendo qualcosa. Corse verso la porta e l'aprì.

Una massa scura e molto pesante gli piombò addosso. Prugna, terrorizzata dal Rottweiler che le mostrava i denti con l'intenzione, pareva, di sbranarla, si era lanciata sul veterinario come una donzella in difficoltà in braccio al suo eroe. Gli buttò le zampe al collo. Lui fu colto alla sprovvista e quasi cadde all'indietro per l'impatto. Istintivamente cercò di calmarla, accarezzandola e parlandole dolcemente. Lei, rassicurata, gli leccò la faccia.

Intanto Eva, più agitata della cagna, inveiva contro il giovane proprietario del Rottweiler: «Assassino!»

Quello tentava di battere in ritirata. Ma era un'impresa trascinare fuori dall'ambulatorio il forzutissimo animale, che poco prima, con uno scarto particolarmente violento, aveva fatto ribaltare la panca di ferro alla quale era agganciato il suo guinzaglio.

«Quella bestia ha cercato di uccidermi. Io ti denuncio!» continuava a strillare Eva.

Facendosi largo attraverso la folta pelliccia di Prugna, il dottor Gatto cercò di mettere a fuoco a chi appartenesse quella voce. E quel che vide lo sorprese moltissimo. Si chiese quale misterioso fato avesse fatto approdare nello studio quella donna spettacolare. Una dea che chiaramente non aveva la minima familiarità con il cane che per qualche ragione teneva con sé. La fece entrare nella sala visita. Nell'aria l'elettricità era palpabile.

«È sempre così nervosa?» domandò il veterinario.

«No, è che non ho molta dimestichezza...» tentò di spiegare Eva, ma poi si rese conto della gaffe. «Volevo dire...»

Prugna agitandosi le attorcigliava il guinzaglio attorno alla gonna. Il dottor Gatto ne approfittò per buttare un'occhiata alle sue gambe. Poi aggiunse: «Intendevo il cane. Se è sempre così nervoso».

«Ehm... beh sì, cioè no. In effetti non lo so».

«Non lo sa?»

«Uhm... Di solito è calmissima... A meno che non rischi di essere azzannata alla gola da mostri come quello là» rispose lei indicando la sala d'aspetto.

Il veterinario sorrise. La situazione cominciava a farsi divertente. Dalla borsa di quella donna meravigliosa sarebbe probabilmente uscita una candid camera.

«Non è suo, vero, il Terranova?»

Eva aprì la bocca ma non seppe cosa dire.

Provò a parlare ma il palato era impastato come avesse appena finito di mangiare carciofi crudi. Dove era finita tutta la saliva? Perché il cuore le batteva così forte? Cosa diavolo stava succedendo in quella stanza? Come era possibile che tutto sfuggisse dal suo controllo in quel modo? Chi era costui per osare sorriderle così rilassato, in un frangente tanto assurdo, mentre lei era torturata dall'imbarazzo?

Fu salvata dal telefono. Lui sollevò il cordless e rispose: «Gatto».

Eva si rese conto che dall'altro capo del filo qualcuno chiedeva aiuto per un'emergenza di una certa gravità. Perché ci si preoccupasse tanto per dei semplici animali per lei restava un mistero.

Il dottore impartiva istruzioni: «Stabilizzatelo e portatelo qui. Tra un paio d'ore possiamo essere in grado di operare».

Disse a Eva, asciutto: «Mi scusi un attimo». Poi accarezzò Prugna e le sussurrò con tono amorevole nel grosso orecchio peloso: «Torno subito».

"Che complicità!" pensò Eva, esterrefatta. Era chiaro che se il dottore avesse dovuto decidere chi portare sull'isola deserta, tra lei e il cane, certamente avrebbe scelto il cane.

Gatto le rivolse una strizzata d'occhio che la mise ancor più in imbarazzo e scomparve nella sala accanto. Si ritrovò da sola. Faccia a faccia con la Terranova, serena e sbavante, accucciata sul lettino di metallo come una regina sul trono. Si guardò attorno. Appese ai muri, una galleria di fotografie di scrittori famosi con in braccio i loro gatti. Dove aveva già visto quel genere di immagini in bianco e nero? Proprio non le veniva in mente… I secondi passarono, poi i minuti. L'imbarazzo di Eva cresceva. Guardò Prugna negli occhi. «Amica mia» le disse «per oggi ne abbiamo avuto abbastanza». Fece scendere dal lettino la cagna, che atterrò con un balzo molto agile sul pavimento, sollevando il muso verso quella provvisoria padrona come in attesa di istruzioni, come a domandarle: "E adesso dove mi porti?"

Silvestro Gatto rientrò in quel momento.

«Se ne va?» chiese.

«Sì» rispose Eva, compunta.

«Perché è venuta qui?»

«Per il cane».

«Quel cane non ha bisogno di me, sta benissimo».

«Meglio così» ebbe la prontezza di replicare lei.

Ma le tremavano le gambe. La testa era svuotata. Quando era stata l'ultima volta che si era sentita così indifesa? Era stata inghiottita da quegli occhi verde scuro come il naufrago in un mare agitato. Come era potuto succedere?

«Come si chiama?» disse il veterinario.

«Prugna».

«Intendevo lei».

«I-io?» balbettò Eva, con il cuore a mille.

Non fece in tempo a trovare l'unica sillaba del suo nome che lui già la stava baciando.

11

Orsetta attraversò l'ampio salone a passo svelto. Le falde del cardigan di cachemire sventolavano ai lati della sua slanciata figura, mentre camminava. Pareva un'enorme manta beige. I capelli rossi faticavano a star fermi sulla testa, puntati con delle bacchette indiane. Ai lobi penzolavano grossi orecchini antichi, sui polsi tintinnavano famiglie di bracciali d'argento.

«Che puntualità!»

Il più delle volte Romina si presentava in ritardo.

«Ho trovato parcheggio».

L'appartamento occupava gli ultimi due piani di un palazzo principesco di piazza Maria Teresa, nel centro di Torino, a pochi isolati dal Lungo Po. L'edificio apparteneva da parecchi secoli alla famiglia di Orsetta, parente alla lontana dei Savoia.

«Siediti» disse la maga.

Iniziò senza preamboli a fare il suo mestiere, provando a indovinare dall'espressione della ragazza a che punto fosse la relazione che trascinava da mesi con quella specie di poeta. Aveva chiesto decine di responsi ai tarocchi sul tema. Davanti a lei trovò stavolta un viso radioso. Il che la trasse in inganno.

«L'hai mollato! Era ora».

«Al contrario. Stiamo per andare a vivere insieme».

«Accipicchia. Questa sì che è una novità».

«Perché fai quella faccia? Perché fate tutti quella faccia?»

Orsetta non rispose. Romina si rabbuiò.

La stanza dei consulti, al piano inferiore del superattico che la nobildonna divideva con un anziano marito e tredici gatti di razza purissima, era interamente rivestita di legno di ciliegio. Al centro si trovava un pianoforte a coda. In quel momento un Birmano attraversò il parquet con una corsetta. «Io sto finalmente costruendo qualcosa di buono» piagnucolò Romina «e nessuno è contento. Si può sapere perché?»

«Chiediamolo alle carte» replicò con prontezza la maga.

Sciolse i riccioli rossi, li riavviò con le dita, facendo attenzione che gli anelli non si impigliassero nei capelli e poi li raccolse di nuovo in un grande scomposto chignon.

«Vediamo un po'».

Mischiò i tarocchi.

«Taglia».

Romina divise in due il mazzo, sovrappose una parte sull'altra e lo restituì. L'altra allineò sei carte sulla scrivania. Rimase a fissarle per un po'.

«Mah» fu il commento.

«Cioè?»

«Il quadro è confuso» mentì Orsetta.

Non c'era niente di confuso. Le figure sul tavolo raccontavano una versione univoca della storia: «Guarda qua».

Romina osservò meglio ma non era in grado di decifrare il linguaggio degli arcani. «Niente di buono all'orizzonte?» azzardò. L'ombra sul volto della maga non era rassicurante.

«Credo che a questo punto sia necessario liberare forze che appartengono ad altre dimensioni» decise Orsetta dopo una pausa che a Romina era sembrata eterna.

«Ovvero?»

«Ci vuole senz'altro un incantesimo».

In casi del genere era l'ultima spiaggia. Si avviò verso gli scaffali, tirò fuori un librone dall'aspetto molto antico e si mise a consultarlo.

Romina si guardò attorno e le parve di aprire gli occhi per la prima volta. Notò le maschere tribali, le scritte in lingue morte o mai esistite, le statue indigene e gli amuleti. Lei che per anni aveva prestato ascolto a quella donna e ai suoi tarocchi come al più sacro degli oracoli, ora sentì che la fede cominciava a vacillare. Ebbe la rivelazione di se stessa, una sciocca sprovveduta vittima di una venditrice di fumo. Come poteva trascurare la realtà e dar retta a tutte quelle stupidaggini? Perché era lì in quel momento e non all'Ikea a comprare mobili con il compagno della sua vita?

La voce di Orsetta interruppe quelle elucubrazioni.

«Eccolo qua». E le mostrò la pagina con quella che secondo lei sarebbe stata la soluzione.

Ma Romina si era già alzata dal divano e si stava infilando il piumino.

«Non ti interessa?»

«No. Devo andare».

«Caspita, che ti è preso?»

«Ho avuto l'illuminazione, Orsy. Improvvisamente ho capito tutto. Non ha più senso che io venga qui. Ti sono grata ma là fuori c'è la vita che mi aspetta!»

«Sei sicura?»

«Sicurissima»

«Come vuoi. In bocca al lupo».

La maga l'abbracciò. Il commiato fu affettuoso.

A Romina restava solo un'ultima curiosità.

«Senti, ma... Tu ce l'hai un veterinario?»

«È naturale, con tutti questi gatti. Ti serve il numero?»

«No, niente. Meglio che vada». Lasciò sul pianoforte gli ottanta euro del consulto e scese le scale gaia e saltellante come Cappuccetto Rosso.

La sensitiva tornò alla scrivania, dove erano ancora allineate le carte. C'erano la Torre al fianco del Matto, seguiti dalla Luna. Non bastasse, l'Innamorato e l'Eremita stavano fianco a fianco in un infausto gemellaggio. Orsetta ebbe un brivido. Richiuse il mazzo e lo ripose il più velocemente possibile dentro il cassetto.

12

Curioso e svagato, Matteo si aggirava per il giardino con aria competente. «Avete mai pensato che le lavande possano essere morte di vecchiaia? Anche le piante hanno il loro ciclo vitale».

Robert si limitò a mugugnare: «Saggio è colui che ha per amico il silenzio». E si allontanò stringendo la sigaretta tra le labbra.

«Non ti sei ancora trasferito e già vieni qui a spargere la tua arroganza».

«Cercavo Romina».

«Non c'è. Potevi telefonarle».

«Ha sempre il cellulare spento».

«Questo non ti dà il diritto di piombare qua così».

Il tono di Stella nei suoi confronti, considerò Matteo, si era inasprito a livelli insostenibili. Avrebbe dovuto ricorrere a tutto il suo charme per ricomporre il conflitto e dar corso al suo piano. Doveva trovare una casa con la massima urgenza, non era il caso di stare a perdere tempo con questioni banali come l'amor proprio.

«Stella, ho sbagliato tutto con te».

Lei lo guardò, interdetta.

«Cosa intendi dire?»

«Sono stato egoista».

Il rumore del trattore tagliaerba sul quale si era rifugiato Robert coprì completamente la frase.

«Come hai detto?»

Matteo ripeté a voce più alta: «Sono stato un egoistaaaa!»

In piedi vicino a un ciliegio sul quale piccole gemme cominciavano a formarsi sotto la spinta del tepore di quei giorni assolati, Stella lo esaminò con una lunga occhiata. Immaginò l'appartamento invaso dai suoi vestiti sformati, dai libri che certamente avrebbe preteso di portare con sé, dai giornali che avrebbe sparso ovunque, dalle mutande e dai calzini sporchi che avrebbe abbandonato sul pavimento.

«Tu non puoi venire a vivere qua. Punto».

Stella era un osso duro, ma Matteo non si scoraggiò.

«Posso entrare un attimo?» Le rivolse quello stesso sorriso che anni prima aveva mandato Romina in confusione.

«E va bene» rispose la sventurata.

Lo precedette sotto il portico d'ingresso della casa, mentre Robert sul trattore sgasava come un matto in segno di disapprovazione.

Matteo si pulì le scarpe sullo zerbino. Notò che sotto i suoi piedi c'era scritto "Yes We Cat", non ci aveva mai fatto caso. Chissà se tutti quegli animali gli avrebbero provocato qualche allergia. Non era un amante dei gatti. Molti illustri artisti amavano invece circondarsi di quegli enigmatici felini. Ora avrebbe potuto aggiungere il tassello mancante al suo status di poeta. Entrò con prudenza e circospezione. Si muoveva tra le stanze con la cautela di un guerriero Ninja. Consapevole che il minimo errore gli sarebbe stato fatale. Entrò a passo felpato nella cucina, sfoderò la sua migliore faccia tosta e chiese timidamente un bicchiere d'acqua. Aveva frequentato quell'appartamento abitualmente per anni, ma ora si sentiva per la prima volta un estraneo.

Il corpo di Stella parlava. E non diceva cose gentili. Ogni gesto era un messaggio di guerra, dal modo in cui sbatteva le ante dei pensili alla violenza con la quale aveva richiuso la porta del frigo e appoggiato il bicchiere sul tavolo, tale che lui immaginò si sarebbe sbriciolato. Nel tentativo di mettere a punto una strategia che ribaltasse la partita in suo favore, Matteo si ritrovò a esaminare con attenzione la ragazza. La conosceva da molto tempo ma l'aveva sempre osservata solo distrattamente e mai presa in considerazione da quel particolare punto di vista. "Chissà perché" pensò, mentre lei, sotto la potente carica di risentimento che la rendeva ribollente e minacciosa come il vulcano attivo di un'isola del Pacifico, gli si rivelava nella sua pallida e sottile bellezza.

«Hai bevuto. Ora te ne vai?»

Matteo possedeva nel proprio background ogni tipo di risorsa. Gli venne in mente che la natura mette al mondo cuccioli buffi e rotondetti per suscitare tenerezza negli adulti che, altrimenti, li divorerebbero in un boccone. Non potendo replicare la facciotta dell'asilo, tentò un altro tipo di *camouflage.* Abbassò gli occhi, sporse leggermente il labbro inferiore, posizionò fronte e sopracciglia a salice piangente. Si resettò, insomma, nella modalità "topo bagnato", alla quale mai, nessuna donna, era riuscita a resistere.

Stella stava riponendo la bottiglia nel frigorifero e gli dava le spalle. Il topo bagnato era fuori dal suo campo visivo. Matteo rimase in posa finché lei non fu tornata davanti al tavolo. I loro sguardi si incrociarono, ma l'attitudine bellicosa di lei non cambiò di una virgola. Il *camouflage* su Stella risultava del tutto inefficace.

«Adesso mi spieghi» disse con tono ancor più severo di prima «perché vuoi venire a stare qua? La favoletta romantica non me la bevo, io».

Lui prese in considerazione l'idea di mollare la presa e ritenere persa la partita. Si sarebbe trasferito in ogni caso, piacesse o no a quella cocciuta ragazza.

«Siamo partiti col piede sbagliato, noi due».

«Ti ho fatto entrare, hai bevuto, ora te ne vai per favore e non torni mai più?»

Stella possedeva la tipica intransigenza delle persone veramente buone. Una qualità che Matteo vide risplendere negli occhi chiari di lei e che gli parve all'improvviso assolutamente incantevole. Ebbe una folgorazione.

«Dove hai preso questa luce/ mia musa sconosciuta/ che all'improvviso rischiari/ il mio cuore di cieco?»

La frase ruppe il silenzio della stanza e produsse un'eco bizzarra. Gli era venuta fuori così. L'aveva declamata in quel suo tipico modo stentoreo, affettato e ridicolo. Stava improvvisando. Si aspettava che gli arrivasse addosso il barattolo del caffè, o un vaso di fiori in testa, che lo mettesse per sempre fuori gioco e fuori da quella casa. Invece Stella lo aveva ascoltato, seduta immobile davanti a lui al tavolo della cucina. E non dava segno di reazione. Matteo lo interpretò come un invito a continuare. Gli era impossibile resistere alla tentazione di considerarsi un genio.

«Con quali fili annodi/ con quali misteriosi legacci/ la mia alla tua carne/ in uno spasmo nuovo ed eterno?»

Forse si era spinto un po' oltre. «Ti sto mettendo in imbarazzo?»

Lei taceva. Lui immaginò fosse rimasta colpita dalla sua audacia. Invece una strana luce brillava in quegli occhi limpidi. E non era solo bontà. C'era dell'altro. Che neppure uno spirito acuto ed esperto di emozioni femminili come quello di Matteo sarebbe stato in grado di decifrare. Uno stupore gioioso, ma con un'ombra di tristezza.

Stella aveva trovato la strada.

13

Con due colpi secchi, Clotilde spense la sigaretta sull'antica colonna di pietra, lasciando sul marmo uno sbaffo nero.

«Quando il tuo migliore amico è lo Xanax e l'unico uomo che hai voglia di vedere è il farmacista» disse espirando nervosamente il fumo dal naso «è ora di farsi qualche domanda».

Carol la guardò, interdetta. «Ti riferisci a qualcuno in particolare?»

«Ma sto parlando di me!»

Che domanda sciocca. Clotilde parlava esclusivamente di sé. E dei suoi amici artisti, nevrotici e instabili come lei.

«Ora scusami ma devo badare a questo pazzo» abbandonò Carol da sola e rientrò nel salone. La ragazza la seguì all'interno dopo pochi istanti, preparata al peggio. Il momento della pasta della pizza era arrivato. Solo diventando una materia assolutamente soffice e malleabile sarebbe sopravvissuta a quel pomeriggio. Una palla di pongo non avrebbe avuto la consistenza necessaria. Immaginò di essere una medusa, inspirò profondamente e affrontò quel che c'era da affrontare.

Ai loro piedi, sotto la terrazza del Museo d'Arte Contemporanea, si distendeva, industriosa, la piana di Rivoli. Protetto dalle volte juvarriane della Manica Lunga, un alto e giovane uomo dall'aspetto scandinavo, che pareva appena ripescato da un peschereccio in un fiordo, si agitava su un piedistallo di marmo, rampante come una statua equestre. Strillava un po' in italiano un po' in inglese, affinché il maggior numero possibile di persone fosse reso partecipe del suo assoluto e totale scontento. Per un disguido nell'ordine, una delle colonne che componevano l'allestimento – un'opera concettuale in più stazioni dal titolo *Once Upon A Time*, creata ad hoc per il Museo dove sarebbe rimasta in mostra permanente – era vuota. Aveva chiesto sei frigoriferi e ce n'erano solo cinque.

«Ho detto sei! *Six! Understand?*» continuava a ripetere a voce altissima l'artista, il cui nome Carol non era ancora riuscita a memorizzare sebbene lavorasse a quel progetto da alcuni giorni: Persson, Larsson, Gunnarsson… qualcosa del genere. Sei colonne e cinque frigoriferi. Un errore imperdonabile, a quarantott'ore dal *vernissage*.

«Non c'è niente di più inutile che sprecare il fiato con degli idioti incompetenti» urlava l'artista tra le pedane della sua installazione.

Clotilde tirò fuori dalla borsetta un flacone di gocce con l'etichetta gialla e con la pompetta ne spruzzò alcune sotto la lingua, come le aveva consigliato di fare il farmacista in caso di emergenza, quando lo stress avesse superato il livello di guardia. Aspettò qualche istante e non successe nulla. La palpebra inferiore continuava a tremare. La ruga sulla fronte, tra le sopracciglia, non accennava minimamente a distendersi.

«Questa roba schifosa non serve a un tubo» protestò, tentata di gettare la confezione dei Fiori di Bach nel primo cestino. «Per fortuna li diluiscono col brandy. Un goccetto, almeno, aiuta» si disse, sparandosene in bocca un'altra dose.

Avvertito dell'emergenza, il direttore del Museo aveva lasciato il suo ufficio nell'ala opposta dell'edificio e stava scendendo in ascensore al piano dello spazio espositivo. Era un tipo carismatico e autoritario, abituato a porre domande precise e ricevere risposte precise. Martedì sarebbero arrivati i giornalisti per la preview riservata alla stampa.

Tutto era pronto. A parte il fatto che mancava un frigorifero. Clotilde cercava negli anfratti della sua mente una spiegazione adeguata a quella inconcepibile svista. Aveva pochi secondi per trovare una soluzione. Rimpianse di aver lasciato a casa la scatola dello Xanax.

«Non è il giorno giusto per smettere gli psicofarmaci» sussurrò a Carol mentre questa cercava di arginare il fiume in piena di Persson, Larsson, Gunnarsson o come diavolo si chiamasse quell'artista svedese di pessimo umore.

Il direttore comparve all'orizzonte della Manica Lunga in quel momento. Anche a distanza era possibile scorgere negli occhi azzurri uno sguardo saettante, sotto due folte sopracciglia ancora più aggrottate di quelle della sua vice. Passò in rassegna i cinque elettrodomestici, ciascuno immobile e monolitico sul suo piedistallo, simili a un piccolo plotone di soldati in bianco, alle guardie dell'Impero di Guerre Stellari. Erano vecchi ma in buono stato e con quell'aspetto consumato e piccolo borghese offrivano esattamente l'impressione che era nelle intenzioni dell'artista: quella di un benessere che aveva fatto il suo tempo. La pedana vuota rompeva l'armonia dell'insieme come il dente mancante in una bocca sana.

«Che succede qui?» domandò il direttore.

«Abbiamo un problema».

Carol ascoltò Clotilde illustrare la situazione. La voce le parve stranamente impastata.

«Cos'è?» disse lui «non sapete contare?»

«Chi ha riscritto l'ordine deve aver letto male…» farfugliò Clotilde.

Il direttore si voltò e rivolse a Carol uno sguardo penetrante. Notò la farfalla tatuata sul petto e si soffermò a lungo, con gli occhi azzurri sempre più saettanti, sull'amarilli. Quel giorno Carol indossava un abitino a fiori aderentissimo che lasciava indovinare il rilievo degli addominali. Il contrasto con il completo nero minimal di Clotilde era intenso.

«E lei chi sarebbe?»

«La trovarobe. Diciamo così» rispose Carol con coraggio, facendosi il più possibile medusa, pizza, budino, creme caramel.

«Nessuno mi aveva avvertito che ci troviamo su un set cinematografico» rispose il direttore sarcastico.

Carol tacque. Ma a lui non sfuggì il suo impercettibile sorriso. E il bagliore di intelligenza che luccicava sotto il frangione biondo della ragazza. Era chiaramente l'unica mente in grado di funzionare in mezzo a tutti quegli psicolabili.

«Cosa suggerisce?»

«Così su due piedi, direi che abbiamo un'unica opzione».

«L'ascolto».

«Trovare al più presto un altro frigorifero».

«Lei è in grado di farlo?»

«Penso di sì».

«Allora non perda tempo: lo faccia!»

Il direttore prese sotto braccio l'artista scandinavo e se lo portò via, lanciando uno sguardo di rimprovero a Clotilde. Lei si attaccò alla bottiglietta del Rescue Remedy e se lo scolò in una sorsata.

Carol si mise al telefono immediatamente. Mimì rispose al quarto squillo.

«Grazie al cielo ci sei».

«Che ti è capitato, donna?»

«Ho bisogno di un favore».

«Servo suo, madama...»

«Piantala di parlare come un libretto d'opera, non ho tempo e mi serve un frigorifero. So che ce l'hai».

«Ti sbagli, donna».

«Sei un bugiardo. Un frigo bianco, Ignis, anni 80. L'ho visto sul retro».

«Ah quello? Mi serve, non te lo posso dare. Ci devo mettere la birra».

«Sei un bugiardo e pure ingrato. Ti ho procurato un divano, ora in cambio ho bisogno del tuo frigo. E in fretta».

«Ci devo mettere la birra, ti ho detto».

«Siamo a febbraio, fa freddo, la birra la puoi sistemare fuori, nel cortile. Ti prometto che te ne porto un altro, di frigorifero, nel giro di un paio di giorni».

«E un biliardo».

«Eh?»

«In cambio voglio un altro frigo e un tavolo da biliardo».

Stava alzando la posta, l'amico. Carol non aveva alternative. Non c'era tempo. A come rimediarli avrebbe pensato più tardi. Un problema alla volta.

«Va bene. Ci sto».

«Andata»

«Sei un bastardo...»

«È marketing, donna».

Mimì rimise in tasca il telefono e alzò il volume dello stereo. Tosca e Cavaradossi dettavano appassionati.

Carol arrivò a San Salvario venti minuti dopo, sgommando. Inchiodò e fece manovra per entrare in retromarcia nel cortile. Muhammad si era intanto procurato un carrello.

«Puoi lasciarmelo questo?» domandò lei.

«Sì, ma riportamelo».

«Lo riavrai, fidati. Assieme a tutto il resto».

Nel frattempo al banco del pizza-kebab Le Voyage si era avvicinato un uomo. Portava i capelli scuri raccolti in una coda di cavallo. «C'è nessuno?» domandò educatamente.

Mimì interruppe le operazioni di carico: «Un cliente!»

Carol si ritrovò da sola nella stanzetta laterale, nella quale il giovane maghrebino aveva installato lo schermo al plasma che era convinto avrebbe attratto clienti nelle serate della Champions League. Senza volerlo, esausta, si lasciò lentamente cadere sul divano di velluto marrone.

Mimì tornò nella sala principale, dove c'erano l'uomo e il cane. «Salve» disse.

«Lui può entrare?»

«Nessun divieto agli animali. Vuoi mangiare qualcosa?»

«Un kebab, grazie. Con una birra. Ce l'hai alcolica?»

«Ce l'ho».

«Bene. Ho proprio bisogno di bere», disse il cliente. E si mise seduto a un tavolo vicino alla vetrina.

Quando arrivò il kebab, l'uomo divise i primi bocconi con il cane. Uno per ciascuno. Ma l'animale non mostrava di avere un grande appetito. Si accucciò sotto la sedia, distese le zampe e il muso a terra e rimase così, immobile.

Carol si rese conto di essersi appisolata quando sentì il segnale acustico della porta, una ranocchia portafortuna che gracchiava ogni volta che questa veniva aperta e richiusa. «Perché non mi hai svegliata?» disse a Mimì avvicinandosi al bancone, agitata. «Quello mi uccide se non torno a Rivoli. Dovrei già essere là».

«Dormivi».

«Ma non posso dormire! Se non arrivo in tempo sono morta. Dai, carichiamo».

«Già fatto. Mi ha dato una mano quel tizio» spiegò, indicando l'uomo con la coda, che camminava di spalle sul marciapiede, allontanandosi. «Un veterinario».

«L'ho già visto in giro».

«Un uomo veramente triste, poveraccio».

«Ma che ne sai?»

«So riconoscere gli infelici. Gli ho dato da bere».

«Alcol? Sei un musulmano del cavolo».

«Abita qui vicino ma lavora in un ospedale degli animali nella cintura. Così mi ha detto».

Carol rimase in silenzio.

«Mi ha lasciato il biglietto da visita. Se il tuo gatto dovesse stare male...»

«Non portare iella, Mimì». Salì sul furgone.

«Mi devi un frigo e un biliardo, donna!»

Dalle casse la voce di Turandot vibrò nell'acuto.

"*Gli eniìigmi sono tre... La morte è una...*"

14

Al volante della Toyota, ferma al semaforo del grande corso che collegava Moncalieri a Torino, Romina vide attraversare sulle strisce una signora infagottata in una giacca a vento con il cappuccio di pelliccia. Al guinzaglio teneva un cagnolino meticcio dall'aria arcigna. La seguì con lo sguardo e vide che era diretta verso una vetrina sulla quale campeggiava una grande insegna bianca e blu con su scritto: Ambulatorio Veterinario. Il pensiero dell'affascinante uomo con la coda di cavallo incontrato al supermercato le strappò un sorriso. L'avrebbe mai più rivisto?

Carol le aveva fissato l'appuntamento per quel giorno. Comunque fossero andate le cose, Romina era del parere che un tatuaggio sarebbe stato di buon auspicio. I gatti erano animali eleganti e indipendenti, portatori di grazia e saggezza. Un nuovo inizio sotto il segno di un gatto era in ogni caso auspicabile.

Giunse a destinazione una mezz'ora dopo. "Spero che valga il viaggio" si augurò. Venne ad accoglierla una segretaria molto professionale: «Le chiedo la cortesia di accomodarsi qui qualche minuto». E indicò una linda sala d'aspetto. «Sta ultimando un intervento».

Chissà perché Romina aveva immaginato di incontrare in una specie di caverna un biker rozzo e sudicio che le avrebbe ruttato in faccia in segno di benvenuto. Poco dopo comparve il tatuatore, Sarino Catena, vestito come un chirurgo. Si tolse i sopra abiti di garza verde, abbassò la mascherina e con un sorriso cordiale le diede la mano.

«Sei l'amica di Carol? Piacere di conoscerti».

Nella sua ingenuità, Romina sarebbe stata pronta a sfilarsi i pantaloni, accomodarsi sul lettino e procedere. Invece lui le porse alcuni libroni sui quali era raccolta una vastissima gamma di modelli: centinaia di disegni, simboli e rappresentazioni, da quelle buddiste e tribali a soggetti fru fru come fate, cuoricini, tralci di rose e angioletti. Un numero di opzioni che, nonostante fosse andata lì con le idee molto chiare, Romina aveva sottovalutato.

«Un gatto» disse.

Catena era un professionista poco incline alla semplificazione. «Sì, ma un gatto come?» cercò di capire.

Romina si rese conto che di gatti in quei cataloghi ce n'erano a decine. Stilizzati, iperrealisti, in piedi, seduti, acciambellati, svegli, addormentati, in bianco e nero e a colori.

«Non saprei» disse, un po' frastornata.

«Ti lascio qui a riflettere».

Ripassò il librone avanti e indietro varie volte. Chiuse gli occhi, li riaprì. Inspirò, respirò. Attese un segno divino che non arrivò. Così le toccò decidere da sola. E, insomma, anche per quel che riguardava il sedere, assumersi le sue responsabilità. Quando alcuni minuti dopo Sarino rientrò nella stanza, era pronta.

«Questo qui!» esclamò.

Lui sorrise. «Eccellente».

Prese l'agenda e scarabocchiò qualcosa. Poi, rivolto a Romina: «Ti aspetto lunedì».

Il dado, anzi il gatto, era tratto.

Tra la maga e il tattooist, l'intero pomeriggio si era consumato in fretta. Il cielo si era fatto buio. Era quasi l'orario di chiusura. Avvisò in libreria che non sarebbe più passata. Le rispose Agata: Stella aveva avuto un'emergenza, a quanto pareva, e non si era presentata al lavoro neppure lei. "Un'emergenza?" si chiese Romina. "Molto strano". Stella non era tipo da emergenze. Si scusò con la stagista per aver allungato il suo straordinario.

«Non preoccuparti» rispose la ragazza «c'è stato pochissimo movimento oggi».

Romina non seppe se interpretarla come una buona notizia. «Chiudi tu la cassa» le disse. E aggiunse, compiaciuta della propria magnanimità: «Domani stai pure a casa, sei libera tutto il giorno».

«Per forza sto a casa» rispose Agata. «Domani è domenica».

Romina sentiva che il mondo le era amico. Fendeva il traffico dei grandi viali di Torino fischiettando come un fringuello in primavera. La sua mente era un cielo senza nubi. Si era chiusa la porta di Orsetta alle spalle con il cuore leggero di chi ha sacrificato qualcosa in nome della giustizia. Qualsiasi rivelazione ci fosse scritta in quelle carte, lei aveva la certezza di avere con sé la migliore delle alleate: la realtà dei fatti. Si rimproverò di avere coltivato fino a quel momento scarse ambizioni, in campo sentimentale. Non pretendere l'amore eterno era ragionevole, ma accontentarsi di un fidanzato semi-permanente, come uno smalto, era una scelta di basso profilo. Tutti quegli anni di esercizio, quel prendi e molla, non era stato vano. Sentiva anche lei, come aveva detto Carol, che qualcosa sarebbe successo. Ecco, forse non avrebbe scommesso su Matteo al suo fianco. Ma Eva aveva ragione quando sosteneva che "L'uomo migliore è sempre quello che c'è". E se toccava a lui, tanto meglio.

Ingranò la marcia e spinse sull'acceleratore, dirigendosi verso il parco. L'ampio corso che costeggiava il Valentino e si distendeva parallelo al Po era un'arteria a scorrimento rapido che collegava il centro di Torino a Moncalieri. Gli automobilisti consideravano quella larga doppia carreggiata alla stregua di una tangenziale, un tragitto nel quale spingere al massimo e recuperare i minuti persi nel traffico. Non il tratto nel quale fosse più indicato frenare all'improvviso. Romina lo vide con la coda dell'occhio. Stava correndo sul lungofiume, ben visibile sotto i lampioni, nel sentiero che costeggiava il viale. Notò dapprima i capelli raccolti in una coda, poi riuscì a mettere a fuoco anche il viso. «Ma è lui!» esclamò.

E, involontariamente, schiacciò il pedale del freno.

L'impatto fu quasi immediato. Una massa metallica investì la Toyota facendola volare dieci metri più avanti. Il capo di Romina sbatté violentemente contro il poggiatesta. Per qualche istante vide tutto buio, poi centinaia di puntini bianchi si accesero sotto le sue palpebre. Aprì la portiera e provò a scendere, ma ebbe un capogiro. Le dolevano i polsi e aveva l'impressione che qualcuno le avesse conficcato un coltello alla base del cranio. Non si mosse dal sedile, mentre attorno a lei il traffico si bloccava e cominciava il carosello dei clacson.

Il conducente della Volvo station wagon che l'aveva tamponata le andò incontro con gli occhi iniettati di sangue. Ma non a causa dell'incidente. «Lei è una criminale!» urlò dentro l'abitacolo della Toyota. «Non può frenare in quel modo!»

«G-u-a-r-d-i» rispose Romina molto lentamente, immobile per il dolore al collo «Che chi tampona ha s-e-m-p-r-e t-o-r-t-o».

Lui, livido, si trattenne con difficoltà dal prenderla a pugni. «Propio una donna mi doveva capitare!» disse sconsolato ritornando verso la sua vettura, il cui muso era conficcato nel posteriore della Toyota.

«Chiama lei i vigili? Io non riesco a muovermi...»

Lui rispose con un grugnito. Per quel che gli importava poteva anche crepare, quella cretina. Aveva appena ritirato la macchina della ditta dal carrozziere, dopo un altro incidente senza senso avvenuto la settimana prima. Proprio un'idiota incapace di guidare doveva incontrare!

«Merda! Che giornata di merda!» ululava in mezzo al corso, mentre le auto gli sfrecciavano tutto attorno e alcuni conducenti, infastiditi dall'incolonnamento, gli mostravano dal finestrino il dito medio.

La stazione della polizia municipale si trovava a poche centinaia di metri. Gli agenti arrivarono nel giro di qualche minuto, allertati dai passanti. Nel tempo necessario a effettuare i rilievi, Romina riuscì a recuperare la vista e l'uso delle braccia e delle gambe. Uscì dalla Toyota, barcollando leggermente. A sorreggerla arrivò una vigilessa molto cortese. «Si sente bene? Facciamo venire un'ambulanza?»

«No grazie, tutto ok».

«Non mi pare. Ora chiamiamo il 118. Intanto mi spiega la dinamica?»

«Niente, ho rallentato un pochino...».

«Un pochino? Cazzo, hai inchiodato!»

«Lei per favore moderi il linguaggio».

La vigilessa prese Romina da parte. «Ce l'ha il Cid?»

Romina immaginò si riferisse al modulo di constatazione amichevole di sinistro, un oggetto che, se c'era, giaceva dimenticato da qualche parte come un'anfora cretese su un fondale del Mediterraneo. Aveva troppo male al collo per tuffarsi nelle profondità dell'auto. «Temo di no» rispose.

Il tizio della Volvo si fece avanti. «Venga con me» disse alla vigilessa. Si rivolse all'agente con l'autorevolezza dell'uomo preciso e organizzato che custodisce nel cassettino portaoggetti il libretto di circolazione, la polizza e i tagliandi dell'assistenza in perfetto ordine e nel bagagliaio tiene un contenitore con tutto l'occorrente per il sinistro: triangolo, torcia elettrica, cassetta del pronto soccorso e, appunto, il Cid. Intendeva dimostrare quanto una persona così seria ed efficiente, in confronto a una povera mentecatta come la ragazza al volante dell'altra macchina, fosse evidentemente vittima e non responsabile di quella deprecabile situazione.

Romina si fece forza e li seguì. Zoppicava. Il ginocchio destro aveva sbattuto contro la plancia sotto il cruscotto. L'uomo della Volvo non aveva riportato neanche un graffio. E anche l'auto non era ridotta poi così male. Arrivato davanti al bagagliaio, si fermò. Ebbe una piccola esitazione. Poi l'aprì. Stivate dentro il baule, tutte belle allineate, decine di confezioni di capsule Cellulase Gold Trattamento Urto Anticellulite mandavano bagliori dorati sotto il riflesso dei lampioni e risplendevano come il tesoro dei pirati. Romina e la vigilessa scoppiarono simultaneamente in una risatina.

«Sono un rappresentante» spiegò l'uomo. Poi, rivolto a Romina, aggiunse: «Scusami se prima ti ho urlato addosso, è stata una giornataccia. La vedi tutta questa roba? Avrei dovuto venderla e invece è ancora qui. Sono fuori, fottuto, licenziato».

«Cavoli, mi dispiace».

«Ne vuoi qualche scatola? Te la regalo. Agente! Ce n'è anche per lei...»

L'ambulanza arrivò nel giro di un quarto d'ora e portò via Romina. La Toyota rimase lì, tutta ammaccata, ad aspettare il carro attrezzi.

Ci sono piccoli avvenimenti che paiono dettagli trascurabili e invece sono messaggi inviati dalla centrale operativa del destino che andrebbero registrati e tenuti nella massima considerazione. Il fatto che lo smartphone di Romina nell'urto fosse scivolato dalla borsa e si fosse incastrato nella fessura tra la plancia laterale portaoggetti e l'aggancio della cintura di sicurezza, era in effetti uno di quei segnali. Mentre l'ambulanza si dirigeva verso l'Ospedale Traumatologico a sirene spiegate, nonostante il paramedico a bordo avesse accertato soltanto una contusione al ginocchio e un leggero trauma cervicale, il telefono viaggiava in tutt'altra direzione, sulla Toyota trainata dal carro attrezzi del soccorso stradale, verso un'officina nell'hinterland nord. La suoneria era silenziata. Sullo schermo apparivano alcune notifiche. Due chiamate perse da Matteo.

E un messaggio di Stella.

Sballottata nella parte posteriore dell'ambulanza, Romina aveva l'impressione di essere finita sul set di un telefilm. Il conducente guidava come un matto. Lei avrebbe voluto fargli sapere che non c'era tutta quella urgenza e che in ospedale avrebbe preferito arrivare viva. Ma quello teneva il pedale a tavoletta. Intanto il paramedico che l'aveva soccorsa, piuttosto belloccio, avrà avuto sì e no venticinque anni, scambiava con lei, come se niente fosse, quelle neutre chiacchiere che servono ad ammazzare il tempo mentre si condividono certi tragitti, in ascensore o sull'autobus.

«Ah, quindi hai una libreria… E che tipo di libri vendi?»

«Di tutti i tipi».

L'uomo al volante bruciava i semafori e il ragazzo stava appeso alle maniglie per non perdere l'equilibrio.

«Guida sempre così?» Romina non vedeva l'ora di arrivare.

«Gli piace mordere la vita» spiegò il ragazzo, che pareva divertirsi molto.

Romina notò che al polso sinistro aveva un tatuaggio. Sul momento non riuscì a ricordare dove avesse già visto quel disegno. Era stanca e la tensione dell'incidente cominciava a farsi sentire. La risposta arrivò quando l'ambulanza aveva già parcheggiato davanti all'ospedale.

«Ehi» disse al giovane afferrandogli il braccio.

"Questa ci prova" pensò lui.

«Chi ti ha tatuato quello?»

«Questo?»

«L'albero, sì» ripeté Romina, mentre il conducente già apriva lo sportello posteriore per farli scendere. Voleva una risposta prima che la compagnia si sciogliesse.

«Me l'ha fatto un amico»

«Ha un nome e un indirizzo l'amico?»

«Hai da scrivere?»

«Me lo segno sul telefono».

Mise le mani dentro la borsa, cercò e cercò. Invano. Finché comprese quel che doveva essere accaduto. Un piccolo danno collaterale. Non poteva che essere rimasto lì. Ebbe la visione del suo smartphone sulla macchina, da qualche parte nell'area metropolitana, come una bottiglia piena di messaggi alla deriva nell'oceano. Sentendosi nuda, spersa e sola, si lasciò caricare come un sacco di patate su una sedia a rotelle e poi parcheggiare, in codice rosso, nella sala d'aspetto del Pronto Soccorso del CTO.

Al terzo piano dello stesso edificio, Alberto faceva rimbalzare lo sguardo dallo schermo del computer alla finestra con la regolarità dello spettatore di una partita di tennis. Fuori, gli alberi del lungo fiume erano ombre. Guardò l'orologio: le otto. Scorse ancora una volta, pensoso, l'elenco delle email in entrata. Niente. Silenzio assoluto. Giorni prima aveva inviato alla sua ex moglie, Clotilde, un messaggio di pace. Anche litigare sugli alimenti nella causa di divorzio era, dal suo punto di vista, un filo sottile che li teneva legati. Il giorno in cui fosse venuto a mancare l'assegno di mantenimento, e fosse sparito il nome di lei dall'agenda dei bonifici della sua filiale bancaria, il filo sarebbe stato tagliato. E quel giorno, per Alberto, sarebbe stato un brutto giorno.

Un'infermiera bussò alla porta.

«Avanti» disse l'ortopedico.

«Dottore, c'è una persona sotto che chiede di lei».

«A quest'ora?»

«Una ragazza. In pronto».

«Arrivo».

Si abbottonò il camice, diede ancora un'occhiata allo schermo del computer. Sospirò, uscì dallo studio, si richiuse la porta alle spalle e si diresse con le sue ampie falcate in direzione dell'ascensore. L'ospedale a quell'ora era tranquillo. La frenesia mattutina aveva esaurito la sua spinta e ora nei reparti tutto sembrava arenarsi nella quiete del fine giornata. Alberto attraversò i corridoi nei quali il rumore delle ruote dei carrelli si mescolava al tintinnio dei piatti e delle posate, mentre nell'aria si diffondeva profumo di purè.

15

“Sedendo quieto, non facendo nulla, la primavera arriva e l’erba cresce da sola”. Robert si ritrovò a meditare sulle parole dell’anonimo saggio zen. Un dubbio attanagliava il suo cuore. Doveva non fare nulla, seguendo La Via? Oppure fare irruzione nell’appartamento di Stella, come una squadra di soccorso, interrompendo qualsiasi cosa stesse succedendo lì dentro? L’auto di Matteo era ancora parcheggiata nel piazzale. E le persiane della camera della ragazza erano state accostate. Un indizio che, interpretato con gli occhi di un uomo di mondo, non prometteva niente di buono. Rimase a fumare e riflettere, in maniche di camicia, immobile sotto il ciliegio, con gli occhi incollati a quelle persiane e la mente in tumulto. Si decise infine a passare all’azione. Ma anziché verso la casa si mise a correre nella direzione del cancello. L’ago della sua bussola interiore pareva spingerlo il più lontano possibile dalla civiltà. Scavalcò la siepe, prese una scorciatoia che attraversava il prato accanto alla villa, tornò sulla strada asfaltata e continuò a correre. Corse e corse, come gli capitava di fare spesso quando non gli riusciva di sentirsi in sintonia con quello che considerava un mondo senza senso. Corse via da quella gabbia di matti. Corse tra le braccia della natura, fino in cima alla collina, su strade asfaltate che attraversavano il bosco, verso il santuario della Madonna della Neve, una chiesetta in disarmo diventata ritrovo di alpini e boyscout. Corse nel buio della sera con addosso la sola camicia a maniche corte e l'inseparabile gilet di piumino, finché il sudore non gli ricoprì le braccia di uno strato di condensa. Arrivato nel punto più alto, dove la strada proseguiva in piano per ridiscendere un paio di chilometri più avanti verso i campi, si fermò, emettendo nuvole di vapore dalla bocca come un drago. Guardò il panorama, sotto di lui. Prati scoscesi a perdita d'occhio, macchie scure di bosco, rare case illuminate. Restò immobile, a riprendere fiato, finché il sudore non gli si gelò sulle braccia.

Nel silenzio totale della campagna, rotto solo dal suono ritmico delle suole degli scarponcini sull'asfalto, sentì l'eco lontana di un uggiolare. Un suono tenue, un sussurro animale appena percettibile ma assolutamente presente e reale. Si fermò, per ascoltare meglio. Un cane, senza dubbio. Si trattava di un cane. Piangeva, da qualche parte nel pendi. Robert fischiò. L'animale uggiolò più forte. Un richiamo, una risposta: tra i due si era stabilito un dialogo. «*Where are you?*» domandò il giardiniere, facendosi strada tra i cespugli, nella direzione dalla quale proveniva il pianto. Il guaito si fece più intenso, man mano che l'uomo si avvicinava. Quando fu a pochi passi, riuscì a mettere a fuoco l'immagine. Un musino attonito, due occhietti pieni di terrore. Tra i rovi era nascosto un piccolo cane nero, che tremava di freddo e di paura.

«Tranquillo, ti porto via» gli disse Robert. In italiano. Aveva letto in un libro che gli addestratori raccomandano di rivolgersi ai cani nella loro lingua madre. Si avvicinò ancora. Il cane, una pallottolina di pelo con gli occhi colmi di riconoscenza, gli andò incontro. Robert notò che si trascinava con le sole zampe anteriori. Quelle posteriori cadevano molli dietro la schiena, come uno strascico triste. Esaminò gli arti inerti sotto la luce di un lampione.

«Ti ha messo sotto una macchina?»

Il cagnetto gli rivolse un'occhiata dolce. Lui lo prese in braccio. La schiena era dolente ma il guaito non era disperato. La lesione non sembrava fresca.

«*You are a girl!*» esclamò Robert, scoprendo sulla pancia sei minuscole tettine. La risposta fu una leccata sulla faccia.

Non aveva collare né medaglietta. Un meticcio figlio di nessuno, dimenticato da dio e dagli uomini. Arrivati all'incrocio, Robert lesse il nome della strada sul cartello. Santa Brigida, c'era scritto.

«Non so come ti chiami, piccola, ma per me da questo momento sei Bri-gi-da».

Scese la collina di corsa, con la cagnetta avvolta nel piumino, facendo attenzione che i salti non le creassero troppo dolore. Varcato nuovamente il cancello di casa, non si fermò a esaminare le finestre al pianterreno. L'operazione di salvataggio gli aveva fatto dimenticare le sorti di Stella e del suo visitatore. Entrò nel portone, salì le scale. Si fermò al primo piano, davanti alla porta dell'appartamento di Meo e suonò il campanello. Venne ad aprire Jorge.

«Mi serve un veterinario. Subito» disse Robert, ansimando per la corsa.

Il cubano notò l'aria stravolta e il fagotto che il giardiniere teneva in mano. «Cos'hai lì?»

«Un cane. È ferito».

«Meo! Corri!»

Bartolomeo li raggiunse. «Povera creatura!»

«Ho bisogno con urgenza di un veterinario».

Meo si affrettò a prendere l'iPhone. «Dovrei avere un numero in rubrica... È una dottoressa. Corriamo insieme».

Jorge lo fulminò con un'occhiataccia. «E chi sarebbe?»

«Ambra. La conosci».

Il compagno, gelosissimo, preferì non rischiare.

«Romina ha di sicuro un veterinario di fiducia» fu la controproposta «so che porta i gatti a fare le vaccinazioni».

Negli occhi di Robert brillò una luce. «Ottima idea. Scendo a chiedere aiuto».

«Veniamo anche noi» decise Jorge. «Vero Meo?»

Il cardiochirurgo si unì al gruppo.

Al piano di sotto Stella rotolò sul letto fino a raggiungere il comodino e guardare l'orologio. Le dieci.

«Molto strano che ancora non sia rientrata».

Si alzò per andare in bagno. La sua pallida bellezza lasciò Matteo per un attimo senza fiato.

«Meglio così, no?» balbettò lui. Rispetto ad alcune ore prima, la situazione cominciava a rivelarglisi nella sua reale complessità.

«Provo a chiamarla».

«Sei pazza?»

«Non capisco dove sia finita. Avrebbe dovuto essere a casa ore fa».

«Sembra che ti dispiaccia».

«Sono solo preoccupata».

Si alzò e prese in mano il telefono. Compose il numero di Romina. Suonava a vuoto. «Niente».

«Che intendi fare?»

«Aspettiamo».

Nello sguardo di Stella tornò a lampeggiare quel riflesso sinistro che aveva reso Matteo inquieto per tutto il tempo.

«Forse è meglio che vada» disse.

«No, dai, resta...» insistette lei.

Già da un po' gli era apparso chiaro quale fosse il piano di Stella e in quali guai si fosse andato a cacciare. Ma non seppe dire di no.

Pochi minuti dopo, il suono del campanello ebbe su Matteo, che si era leggermente appisolato tra le lenzuola, l'effetto di una radiosveglia sintonizzata su un canale heavy metal.

«Gesù, cos'è questo frastuono?»

«La porta».

«Suonano alla porta?»

«Esatto».

«Romina!»

«Può darsi. Vado a vedere».

«Non andare, per carità».

Stella non gli aveva dato retta e, con un asciugamano avvolto attorno al suo snello corpicino, si stava dirigendo a piedi scalzi verso l'ingresso.

«Sono rovinato» prese a dire Matteo in una specie di mantra funesto. «Sono un uomo morto. Un uomo morto e senza una casa».

Lei era già nell'altra stanza, in piedi davanti alla porta aperta. «Robert!» Si stupì, ritrovandosi la combriccola sul pianerottolo. «Meo! Jorge! Tutti qui stasera?»

«Ci serve un veterinario» dissero praticamente in coro.

«Accomodatevi».

Li guidò in cucina. Robert adagiò la cagnetta sul tavolo "dei simboli" che tanto aveva stimolato l'immaginazione di Carol.

Jorge parve notare solo in quel momento la tenuta di Stella. «Hai fatto la doccia?» domandò.

«Qualcosa del genere» rispose lei con aria misteriosa.

«Povera creatura» ripeté Bartolomeo quando vide la bestiola leccarsi una zampa posteriore e guaire piano piano.

«Povero piccino» commentò Stella.

«*She is a girl*» precisò Robert.

Ci furono alcuni istanti di silenzio. Gli occhi di tutti erano fissi sul cane.

«Ah, già, il veterinario» disse Stella. «Ma è Romina quella che gestisce i gatti... Solo che lei adesso non c'è e chissà dove ha messo l'agenda...» aggiunse. Quel che le si leggeva sul viso era un sorriso imbarazzato ed enigmatico. Che solo Robert colse.

Stella rovistò tra il tavolino dell'ingresso, la libreria del salone e il secrétaire dove Romina teneva le sue carte. «Che disordine!» esclamò.

Poi aggiunse, a voce piuttosto alta, con una nonchalance che stupì lei stessa: «Matteo, sai per caso dove Romina tenga la rubrica con i numeri di telefono?»

Robert sorrise di quell'arguzia. La libellula nella tempesta se la stava cavando piuttosto bene.

La compagnia, invece, ebbe un sussulto. Che non fu nulla rispetto al colpo apoplettico che prese lo sciagurato, rintanato nella camera da letto come l'amante di una casalinga terrorizzato dall'arrivo improvviso del marito. Tacque, paralizzato. Sperando che il mondo si dimenticasse di lui. Ma non fu così.

«Matteo!» chiamò ancora Stella con la voce di un tono più alta. «Dove ti sei cacciato?»

Mentre l'ospite veniva stanato come una volpe riluttante e nella sorpresa generale faceva il suo ingresso in cucina, dove era ancora radunato tutto il gruppo, il citofonò suonò. E fu come se il destino, con la forza delle prime quattro battute della *Quinta* di Beethoven, bussasse alla porta.

«Chi può essere?» domandò Matteo sul registro acuto.

«Non ne ho idea» mentì Stella.

Non poteva essere che lei. Il piano procedeva a meraviglia.

Un paio d'ore prima, Alberto aveva risposto all'Sos di Romina ed era sceso in Pronto Soccorso. Lei lo aveva accolto come un salvatore. Senza un telefono né un parente a portata di mano, si era sentita sola, perduta e abbandonata. Nell'attesa delle radiografie al ginocchio e alla colonna vertebrale, che alla fine non avevano fatto emergere particolari criticità, aveva anche temuto di dover passare la notte nell'inferno della medicina d'urgenza del CTO, in mezzo a gente urlante con braccia e gambe rotte. L'intervento di Alberto le aveva consentito di scavalcare parecchie posizioni nella lista di attesa e venire visitata in tempi ragionevolmente brevi. L'ematoma al ginocchio sarebbe guarito in una decina di giorni. Mentre per il trauma cervicale da colpo di frusta sarebbe stato opportuno indossare il collare rigido, le avevano suggerito i medici.

«Ora però non posso accompagnarti a casa, devo tornare in reparto. Sono di guardia fino a domattina» le aveva spiegato Alberto. «Tieni» le aveva proposto, offrendole il suo iPhone «se vuoi chiamare i tuoi...»

«Meglio lasciarli fuori quei rompiballe. E poi sono via per la settimana bianca» aveva borbottato Romina «Casomai chiamo Stella. Hai il numero nella rubrica? Io a memoria non me lo ricordo...»

«L'ho perso cambiando telefono. Non avete un fisso?»

«Non ce l'abbiamo. E se anche l'avessimo, non me lo ricorderei».

Aveva letto l'orologio nel corridoio. Le dieci. L'idea di una nottata in quel luogo le era apparsa spaventosa. Mentre era sul punto di chiedere ad Alberto di chiamarle un taxi,

si era vista comparire davanti, tra le barelle, l'uomo della Volvo, lo speronatore, il piazzista. Le si era avvicinato con garbo, scusandosi nuovamente per la condotta poco civile tenuta dopo l'incidente, e con l'intenzione di dare un senso a una giornata da dimenticare. «Non mi sono neanche presentato: Giovanni Ferrero».

«Pensavo ti chiamassi Cellulase. Era più esotico».

«Non è divertente».

«Scusami».

«Ho venduto prodotti anticellulite per vent'anni. Quella ditta era la mia vita. Poi è arrivato uno sbarbatello con i suoi dannati social e prima che me ne rendessi conto mi sono ritrovato senza clienti».

«Non è un bel momento, eh?»

«Direi proprio di no».

Ferrero aveva insistito per accompagnarla e non si era arreso anche se lei aveva continuato a ripetergli: «Guarda che abito parecchio lontano». Lasciata la sedia a rotelle nell'atrio del Pronto Soccorso, Romina aveva infine raggiunto l'auto di Cellulase sulle sue gambe, un po' dolorante ma felice di avere davanti a sé la prospettiva del ritorno a casa.

Quando suonò al cancello della villa, desiderava sopra ogni cosa togliersi i vestiti di dosso e buttarsi sotto la doccia. Stella le aprì la porta con un asciugamano avvoltolato sotto le ascelle. Il che rese il desiderio della doccia ancor più impellente. Romina fu sorpresa di trovare nel salotto di casa gli amici con i quali la sera prima aveva condiviso le emozioni del suo primo fidanzamento ufficiale. E ancor più sorpresa di trovare già in loco il fidanzato, che in base ai programmi avrebbe dovuto traslocare, sempre che si trovasse un accordo, non prima di un paio di settimane. Le spiegarono del cane, del perché fossero lì, di quanto fosse urgente reperire un veterinario. Nessuno di loro aveva l'espressione gioiosa della sera prima. Tutti erano chiusi in un ombroso imbarazzo. Tutti tranne Stella.

Che l'accolse con voce tornata squillante: «Finalmente! Sono ore che ti aspetto».

Matteo s'incupì ancor più.

«Amore, come mai sei qui?» gli chiese Romina.

Il silenzio era sceso nella gola del poeta e gli impediva, come un alieno maligno incastrato nell'esofago, di proferire parola. Robert per un istante immaginò che la situazione potesse ancora avere un epilogo positivo, senza spargimenti di sangue. Ma Romina, in piedi nell'entrata con il collare rigido, ruotava la testa di qua e di là, come un piccione, mentre il cervello lavorava a tutta birra cercando di mettere insieme i pezzi.

«Avete un cane ferito e va bene. Vi serve un veterinario e ve lo procuro senza problemi» disse, cominciando ad accalorarsi. E tirò fuori dal cassetto una vecchia rubrica con la copertina tutta sfaldata.

«Quello che non capisco» aggiunse «è cosa ci fai tu qui».

Matteo guardò in basso, verso le Clark's marroni che indossava nei piedi. Avrebbe preferito essere una pulce della cagna ferita, con una rapida corsetta avrebbe almeno trovato rifugio nella pelliccia dell'animale. Invece così non aveva scampo.

Stella tacque, lasciandogli la palla. Non sarebbe venuta in suo soccorso, questo era chiaro. Robert, Meo e Jorge si appartarono in cucina. Parve loro una buona idea lasciarli soli a sbrogliare la matassa. Ne approfittarono per tentare subito di chiamare il numero, che però suonava a vuoto.

In quel fuggi fuggi generale, Matteo si ritrovò faccia a faccia con Romina. Lei ora era più che accaldata. L'emozione la rendeva paonazza. Le guance erano di fuoco.

«Ripeto. Perché sei qui?» lo incalzò.

Il tono calmo della voce, in contrasto con il rosso purpureo del volto, faceva paura.

«Perché è qui?» domandò poi, voltandosi nella direzione di Stella. Si soffermò con una lunga occhiata sull'asciugamano che questa teneva addosso come unico indumento.

Cellulase, ancora sulla porta, spostava il peso da un piede all'altro, sulle spine.

Matteo tacque. Provò ad articolare debolmente un «Non è come pensi…» ma le parole gli si spensero sulle labbra mentre abbassava gli occhi verso il pavimento come se la testa all'improvviso fosse diventata di cemento.

Stella invece trovò la forza di andare fino in fondo. Era sempre stata una ragazza coraggiosa, del resto. «È proprio come pensi, invece».

Romina impiegò alcuni istanti ad elaborare l'informazione. Il boccone richiese il suo tempo per essere mandato giù. Fu il tono di Stella, più delle parole, a convincerla. Sentì i piedi vacillare e pensò si trattasse di un terremoto. Perse l'equilibrio e l'appoggio sulle gambe. Le parve che una calamita chiamasse ogni cellula del suo corpo verso il pavimento. Non fu in grado di resistere a quella forza. Chiuse gli occhi e si arrese. Che giornata assurda. Basta, ne aveva avuto abbastanza. Lasciò che il corpo perdesse ogni consistenza e lentamente svenne.

Finì lunga distesa a pochi centimetri dai piedi nudi di Stella. L'amica si chinò su di lei e, con uno sguardo di ghiaccio rivolto a Matteo, le bisbigliò in un orecchio, accarezzandole piano la fronte: «Mi dispiace tanto, ma è stato necessario».

16

“Vendetta… Rancore… Tempesta… Diluvio….”

Il vocabolario di Romina, nell’esercizio mascellare mattutino, era cambiato. Notò la cornice a mosaico attorno allo specchio sopra il lavandino e solo in quel momento realizzò, ancora intontita per la notte da incubo, che quello non era il bagno di casa sua. Si guardò attorno, allarmata. Se non era il suo bagno, di chi era quella casa?

Si sciacquò la faccia, si pettinò i capelli con le dita e poi li raccolse con una pinza a denti larghi che trovò nel cestino sulla mensola, controllò di non essere nuda e aprì la porta. Quel che le si spalancava di fronte era un corridoio del tutto sconosciuto. Ebbe una leggera vertigine. La testa le faceva male, le tempie pulsavano. Sentì delle voci in fondo al corridoio, sul quale si aprivano le porte di quattro stanze simmetriche, e si incamminò verso le voci come uno zombie verso la carne fresca.

«Buongiorno» disse, quando fu in cucina e comprese dove si trovava.

Cellulase si alzò da tavola e le andò incontro.

«Buongiorno! Mangi qualcosa con noi?»

«Ma che ore sono?»

«L’una e mezzo. È domenica. Ti ci voleva una bella dormita. Dai, siediti».

Imbarazzata, si sedette tra i due figli adolescenti del padrone di casa, che le rivolsero appena un saluto, presi dai loro smartphone. La moglie di Cellulase, una donnina minuta e piena di garbo, caricò una caffettiera e la mise sul fuoco.

«Mi scuso per il disturbo, sono mortificata» disse Romina tristemente.

«Nessun disturbo. Qui sei a casa. Le vuoi due uova strapazzate?»

Romina annuì con un debole sorriso. «Volentieri».

Non era nemmeno riuscita a farsi la doccia, la sera prima. Tornò in bagno con la pancia piena, stordita dal cibo ingurgitato di fretta e con disperazione, e stette un quarto d'ora sotto l'acqua calda, cercando di non pensare a niente. Ma come poteva non pensare? Come faceva a scacciare l'immagine delle gambe ancora umide di Stella che spuntavano da sotto l'asciugamano? Di quei piedi nudi appena scesi dal letto, appoggiati oscenamente sul pavimento dell'ingresso? Di quelle unghie – proprio lei che in vita sua non aveva mai messo uno smalto – di un volgare, chiassoso, indecente color prugna?

Provò più volte a scacciare il pensiero ma quello tornava, come la cicca di sigaretta gettata nel water che nemmeno lo sciacquone più potente riesce a mandare giù. E ogni volta le pareva che una murena le morsicasse lo stomaco. Un film girava in loop nel suo cervello: un mediocre softcore che avrebbe fatto indignare Matteo per la banalità e il cattivo gusto. Eppure, considerò Romina, la realtà quanto a questo aveva di gran lunga superato l'immaginazione.

Si rimproverò, davanti allo specchio: "Sei una cretina… una cretina… una cretina…" colma di frustrazione e di rancore, arrabbiata soprattutto con se stessa. Prigioniera a casa di un estraneo, senza un'auto né un telefono, senza più un fidanzato né un'amica del cuore, a breve senza una casa e probabilmente senza una libreria.

Si tuffò nel mare della negatività, dopo aver cercato il più a lungo possibile di mantenere il vuoto nella mente, e fu come riempire i polmoni di ossigeno dopo una lunga apnea. Tutti i pensieri più neri si riversarono nel suo cervello, saturandolo. Trovò sul letto dove aveva dormito una t-shirt e una felpona più o meno della sua taglia, rimediate da Cellulase nell'armadio della figlia diciassettenne. Si guardò, pareva tornata ai tempi del liceo.

«Voglio morire » disse. «Voglio solo morire».

Seduta sul letto della ragazzina, si mise silenziosamente a piangere.

Quando più tardi tornò in sé, era già pomeriggio. Nella casa regnava la pigra e vuota quiete della domenica. Voci provenivano dalla tv, musica dalla stanza di fronte. Romina si affacciò alla finestra e riconobbe le torri sull'autostrada della periferia nord di Torino. Era a chilometri dalla sua casa e dalla sua vita. Riuscì a non lasciarsi sopraffare dal magone, questa volta, e a mettere a fuoco un'idea. Quell'esilio avrebbe potuto forse rivelarsi un vantaggio.

Raggiunse Cellulase, stravaccato sul divano davanti al gran premio di Formula Uno. Lui alzò lo sguardo dalla tv. «Va un po' meglio?» le chiese.

«Sì, ma non devi dire a nessuno che sono qui».

«Non saprei a chi dirlo».

«Ah. Devo chiederti un favore».

L'uomo sospirò. «Un altro?»

«Forse due. Ma ora guardati la gara, ne parliamo dopo».

Il numero di Orsetta era sull'elenco telefonico. Rintracciare Eva sarebbe stato più complicato. Verso le sei Cellulase si riebbe dal torpore televisivo, bussò alla porta della stanza di sua figlia, che ospitava momentaneamente Romina, e domandò: «Si va?»

«Eccomi. Sono pronta».

«A che ora tornate?» domandò la signora Ferrero con lo stesso garbo dell'ora di pranzo.

«Presto» replicò il marito.

La maga fece accomodare Romina nella boiserie e a lei parve di sentir risuonare ancora l'eco delle sue stesse stupidaggini. Ma non era il momento di soffermarsi a rimuginare sui propri errori.

Si sedette con difficoltà. Ogni volta che piegava il ginocchio i jeans premevano sull'ematoma, procurandole un dolore sordo che esplodeva dalla rotula fin dentro le profondità dell'articolazione. Il collare rigido la faceva assomigliare a una "donna giraffa" del Myanmar.

«Cosa hai combinato?»

«Sono stata tamponata».

«Con ragione, almeno?»

«Sì. Ma la cosa non mi conforta».

La maga prese il mazzo di carte e cominciò a mescolarle.

«Non voglio i tarocchi. L'altra volta mi avevi parlato di un... non mi ricordo bene...»

«Ti ho parlato di un incantesimo».

"Che parola imbarazzante" pensò Romina.

«Posso chiederti cosa è successo?» domandò Orsetta.

Non le era sfuggito il tono febbrile con il quale Romina le aveva sollecitato, al telefono, un incontro con la massima urgenza.

«Non ne voglio parlare».

«Tutto bene con Matteo?»

«Ho detto che non ne voglio parlare».

Dunque, era andata male. Orsetta si complimentò con gli arcani che avevano centrato perfettamente la profezia. Neanche le previsioni meteorologiche satellitari, a distanza così ravvicinata, avrebbero potuto essere più precise. Si alzò dal divano e si diresse verso la grande libreria che pareva contenere tutti i misteri dell'universo. Tirò fuori lo stresso librone dall'aspetto molto antico dell'incontro precedente e lo aprì sul tavolo. Nella pagina c'era un testo scritto in caratteri gotici e l'immagine di due funi intrecciate, avviluppate tra rami di edera in un cespuglio di rosa selvatica, dentro un grande cuore rosso. "Rituale del nodo d'amore" lesse Romina.

«Che roba è?»

«Roba forte».

Lo scetticismo era una comprensibile reazione umana di difesa nei confronti delle forze occulte. Andava tuttavia represso con la massima severità se si voleva che la procedura sortisse qualche risultato.

«Non pensare a niente, respira e lasciati andare».

Romina spalancò e richiuse gli occhi due o tre volte, poi permise alle palpebre di abbassarsi e s'inoltrò nella notte del suo mondo interiore.

Orsetta tirò fuori dal ripiano più basso del tavolino un braciere di ottone, un sacchetto di seta bordeaux, una candela rosa grande, una bianca più piccola, una boccetta che pareva di olio di oliva, un nastro rosso, delle foglie di verbena e un accendino. Depose sul piano cinque pietre nere di forma circolare, tutt'attorno al braciere, come a formare le punte di una invisibile stella. Romina seguiva i movimenti, rapita.

«Hai una fotografia?»

«Di chi?»

«Della persona con la quale ti vuoi legare».

«Non so nemmeno chi sia. Si può fare lo stesso?»

«Sì. Chiudi gli occhi. Ora immagina di avere una sorgente di energia dentro di te. Se ne senti il bisogno alzati, muoviti, balla. Ma non aprire gli occhi per nessuna ragione».

Romina trasse un respiro profondo, chiese scusa a Voltaire, Rousseau, Diderot e tutta la banda degli Illuministi, immaginò la sorgente e mollò gli ormeggi.

Orsetta trafficò a lungo attorno al braciere, nel quale aveva messo a bruciare dell'olio profumato, dell'incenso e delle foglie di verbena dopo aver acceso la candela rosa e poi quella bianca, e recitato una specie di preghiera della quale Romina seguì solo le prime parole che le parvero di una lingua sudamericana. Già alla seconda strofa della formula magica era decollata, nel sonno, verso altre dimensioni. Con le porte dell'inconscio spalancate alle forze occulte.

Furono l'odore dell'olio alla lavanda e dell'incenso e il fumo della candela spenta dalla maga a risvegliarla, pochi minuti dopo. Aprì gli occhi, guardò il tavolo e rimase delusa.

«Già fatto?»

«Sì. Ho pensato che da addormentata fosse più efficace».

«E lo è?»

«Lo vedremo. Devi ripetere il rito ogni giorno per tre mesi, sempre a luna crescente o piena, mai calante. E questo» aggiunse porgendole il nastro rosso «devi portarlo sempre con te».

«Mi pare piuttosto complicato».

«Niente è semplice, mia cara».

«E quello che cos'è?»

Dentro il braciere la cenere formava una "S".

«È il responso!» esclamò Orsetta. «Conosci qualcuno il cui nome abbia questa iniziale: un Simone, un Silvio, un Sandro, un Samuele?»

Romina ripassò brevemente la lista delle sue conoscenze.

«Conosco un Sarino» disse «ma temo sia l'abbreviazione di Rosario».

«Dimenticavo» aggiunse la maga «L'incantesimo sortisce effetti solo se esiste una predisposizione da parte dell'altra persona».

«Già, in questo genere di cose bisogna essere in due» mugugnò Romina.

«E se il tuo desiderio non va contro il volere universale».

Romina era molto meno ottimista. «E che ne so, io, del volere universale» commentò scettica.

Ma il responso era stato chiaro. Un'identità si profilava all'orizzonte. Esisteva una via d'uscita al vicolo cieco nel quale quella confusa ragazza sembrava essersi cacciata. La maga sistemò il materiale per l'incantesimo dentro un sacchetto di stoffa e lo diede a Romina. Questa tirò fuori dal portafoglio i centoventi euro del consulto, ottanta più i l'extra del rito magico, e li depose sul pianoforte a coda con un sorriso tirato.

«Su con la vita» la incoraggiò Orsetta. «È andata bene».

«Se lo dici tu».

L'energia cominciava a venire meno, la sorgente interiore pareva essersi prosciugata. Romina ripose nella borsa il portafoglio e l'occorrente per ripetere a casa – ma quale casa? – il "Rituale del nodo d'amore": un sacchetto di stoffa con dentro il nastro rosso, le candele, l'olio di lavanda, le pietre nere e il resto. Prese anche il foglio con le istruzioni, visto che per un quarto del rito aveva tenuto gli occhi chiusi e nel resto del tempo aveva dormito. Si congedò dalla maga e s'imbarcò sul traballante ascensore di legno, non potendo fare le scale per via del ginocchio, domandandosi in quale mercatino dell'usato avrebbe potuto reperire un braciere.

Risalì sulla Volvo di Cellulase che l'aveva aspettata sotto. «Allora, com'è andata?»

«Boh».

«Perché boh?»

«Hai un amico da presentarmi il cui nome inizi con la lettera S?»

Trovarono parcheggio a pochi metri dal palazzo.

«Sei sicuro di non voler tornare a casa?»

«Sono sicuro».

A Romina parve in effetti che Cellulase non morisse dalla voglia di rientrare in famiglia.

«Questa volta vieni su anche tu, non ti lascio qui a fare l'autista».

«Ti ringrazio. Qual è la missione?»

«Dobbiamo trovare un veterinario».

In mancanza del numero di telefono rimasto nella memoria del cellulare alla deriva sulla Toyota, l'unica soluzione per rintracciare Eva era quella. Andare direttamente a casa sua. L'amica risiedeva a due isolati dall'indirizzo dei suoi genitori, dove si trovava un appartamento a due piani che aveva ospitato, negli anni del liceo, le feste grandiose ed esclusive della *jeunesse dorée*. La dimora dell'avvocatessa aveva ereditato la medesima superba eleganza.

«Benissimo» rispose lui. Un perfetto chauffeur.

Chiuse l'auto con il telecomando e si avviò con Romina verso il portone. Si accodarono a una famigliola che rientrava dal weekend e si ritrovarono nell'androne. La guardiola del concierge, a quell'ora di domenica, era sbarrata. "Per emergenze suonare 'custode'", c'era scritto su un cartello. Non suonarono. La famigliola imboccò la scala A, loro s'incamminarono lungo la passerella di moquette verso la B.

«Per di qua» suggerì Romina, che conosceva il palazzo, indicando una fila di ascensori. Salirono in silenzio fino all'ottavo piano.

«È lecito quello che stiamo facendo?» s'informò Giovanni, quando furono sul pianerottolo.

«Assolutamente sì» rispose Romina. E di fronte all'espressione incerta dell'uomo aggiunse: «Tranquillo, è casa di un'amica».

Suonò il campanello e non successe nulla. Suonò di nuovo e di nuovo non successe nulla. Suonò ancora e tutto tacque. In quelle scale regnava il silenzio più assoluto. Il palazzo pareva disabitato. «Andiamo via» disse Romina.

Non fece in tempo a risalire sull'ascensore che da dietro la porta blindata dell'appartamento si udì un rumore di passi e una voce. «No, non aspetto nessuno» disse la voce, seccata. Quindi la porta venne aperta.

La visione della Venere in vestaglia lasciò Cellulase imbambolato.

«Romina!» esclamò Eva con totale stupore.

«Ehilà».

«Porca vacca, cosa hai combinato?»

Il collare non passava inosservato.

«Colpo di frusta. Ti disturbo per caso?»

«Mah, veramente stavo per…»

Romina aveva ritrovato l'energia.

«Possiamo entrare?» disse, scostando Eva e varcando con decisione la soglia.

La padrona di casa fu sopraffatta. Guardò l'uomo che era appena entrato, con addosso quegli orribili vestiti dozzinali, portando con sé una scia di dopobarba da quattro soldi.

«Lui è Cell... Voglio dire Giovanni, mi ha dato un passaggio, ho fatto un incidente e perso il telefono, non ho potuto chiamarti, è una storia lunga...»

Tutto aveva voglia di ascoltare Eva fuorché un'altra strampalata avventura di Romina. Ma non poté fare a meno di farla accomodare in salotto con quel suo improbabile accompagnatore.

«Sono qui per il veterinario».

«Quale veterinario?!» saltò su Eva.

Era sulle spine. Uno strano imbarazzo del quale Romina si incuriosì. «Qualcosa non va?»

«Tutto a posto, tesoro. È che non sono sola...» bisbigliò.

«Oh, scusa. Ce ne andiamo subito. Mi serve solo il nome e l'indirizzo del veterinario, quello del supermercato. Mi avevi detto di averlo trovato».

Ci fu una pausa, un momento di silenzio che tutti percepirono più lungo del dovuto.

«E tu mi avevi risposto che non ti serviva più. Quindi se non ti dispiace...» Eva indicò ai visitatori la porta.

Romina non si mosse. La padrona di casa allacciò più stretta la cintura della vestaglia e lanciò a Cellulase un'occhiata che era chiaramente un invito a togliere il disturbo. Lui prese la sua *protégé* sottobraccio con l'intenzione di scortarla verso l'uscita. Ma la ragazza fece resistenza.

«Non me ne vado senza quel nome!»

«Spiacente. È troppo tardi» disse Eva.

«Che significa è troppo tardi?»

«Che ti ho offerto il veterinario su un piatto d'argento e tu l'hai rifiutato».

Romina ebbe un leggero capogiro «E quindi?»

«Quindi niente. Dimenticati tutto quanto. Quell'uomo per te non esiste, non è mai esistito e mai esisterà. Punto».

Fu come ricevere l'ennesimo cazzotto sul naso all'ultima ripresa del match più sfortunato di una sfortunata carriera. Romina barcollò e si mise a sedere sul divano.

«Non capisco».

«Non c'è niente da capire».

«Dimmi almeno come si chiama».

«Si chiama Silvestro. Silvestro Gatto».

A Cellulase scappò una risata. Romina rimase seduta, con la testa tra le mani. Era sopraffatta dall'amarezza, quasi non riusciva a parlare.

«Mi stai prendendo in giro».

«Niente affatto».

"S" come Silvestro... E se fosse stato vero? I neuroni di Romina annaspavano cercando di dare un senso a quella situazione. Eva era maestra nel riconoscere i momenti di défaillance della controparte.

«Insomma, piombi a casa mia senza preavviso e piena di pretese. Ma come ti permetti?»

Cellulase, che fino a quel momento era rimasto muto, provò a farla ragionare: «In effetti dovremmo andare...»

Ma Romina si alzò di scatto: «Eureka!»

Un'intuizione e il quadro aveva preso forma. In preda a una rabbia antica fece qualche passo in direzione della camera da letto. «È lui?» strillò «È di là?»

Eva le si parò di fronte, in tutta la sua monumentale bellezza, impedendole di passare.

«Dove credi di andare?»

«Voglio sapere chi c'è di là».

«Tu non ti muovi di qui». La voce era ferma e minacciosa. Eva faceva scudo con il suo corpo davanti alla porta chiusa.

Romina si avvicinò, decisa ad andare fino in fondo. Ma non ci fu bisogno di arrivare alle mani. Perché in quel momento dall'interno della stanza si sentì tirare lo scarico del water e dopo pochi secondi, con addosso solo un paio di boxer a quadrettini, sulla soglia della camera da letto comparve il dottor Gatto. Sul suo viso si leggeva una perfetta allegria: «Ehilà!» esclamò. «Buonasera a tutti».

Nella stanza calò il silenzio.

Romina fece caso ai grossi piedi dell'individuo, che girava per casa di Eva beatamente seminudo e scalzo, e notò l'enorme tatuaggio che portava sul lato sinistro del petto, all'altezza del cuore: il muso di un Amstaff con sotto scritto Luke Cage. Il nome del cane, dedusse.

«Forte eh?» disse l'uomo in risposta, per nulla imbarazzato, e allungò la mano verso di lei: «Piacere, Silvestro».

Romina lasciò che tutta la gamma di sentimenti attraversassero il suo cuore come una veloce migrazione di uccelli.

«Ma... ma... tu...»

Lui le sorrise: «Ti spiace se mi siedo?» e si accomodò sul divano.

Era molto alto, con gli occhi di un bel verde scuro, i capelli castani raccolti in una coda di cavallo, un fisico possente generoso di tatuaggi e di muscoli ben coltivati.

Romina si voltò verso Eva: «Ma lui chi è?»

«Come chi è? Silvestro!»

«Il veterinario?»

«Laureato a pieni voti. Posso confermare» intervenne il dottor Gatto dal divano, sempre più ilare.

Romina si unì alla risata. «Dici sul serio?»

«Tu sei pazza, fuori da casa mia!» intimò Eva.

Romina continuava a guardare Silvestro e a ridere. Non c'era modo di fermarla. «Sai una cosa, Eva? Gli infallibili detective del tuo studio questa volta hanno fallito. Hanno trovato l'uomo sbagliato».

«Che intendi dire?»

«Che lui non è il mio veterinario!»

«Posso confermare anche questo» commentò Silvestro, appoggiando i piedi nudi sul tavolino di vetro. «Gradite qualcosa da bere?»

Sotto lo sguardo incredulo di Eva, Cellulase accettò l'invito e si sedette sul divano mentre Silvestro gli versava un Calvados.

Romina prese posto di fronte a loro. «Perdona l'intrusione» disse al veterinario «quello che sto cercando è un tuo collega. Ti somiglia molto».

«Dunque ho un sosia? Ma è grandioso!»

Il dottor Gatto pareva affrontare ogni caso della vita come una partita alla Playstation. Non si sarebbe fatto sottomettere da quella capricciosa tiranna. All'occorrenza si sarebbe sottratto con una sonora pernacchia.

«Eva, dovrei ucciderti per quel che hai cercato di farmi» disse Romina sulla porta, prima di lasciare l'appartamento.

Ma era troppo contenta per litigare.

Uscì di scena seguita da Cellulase e sulla commedia degli equivoci calò il sipario.

«Domani ti porto a ritirare la macchina» disse Giovanni, sul pianerottolo, mentre aspettavano l'ascensore. «Poi dovrò mettermi in cerca di un lavoro».

«Non posso ritirare la macchina, è distrutta».

«Per farti muovere troveremo un'altra soluzione».

«Vorrei passare dal carrozziere almeno a recuperare il telefono. Comincio a sentirmi un po' fuori dal mondo».

«Va bene, ti ci accompagno».

«Perché fai tutto questo per me?»

«Perché sono un padre, so riconoscere un ragazzino nei guai».

«Ma ho trentacinque anni!»

«I guai non hanno età, bimba. Ne so qualcosa. Però c'è una cosa che non ho capito».

«Dimmi».

«Se questo lui non è lui, lui dov'è?»

Romina sorrise della perspicacia. «È quello che dobbiamo scoprire».

17

A venti metri di altezza, fissato con funi e moschettoni al tronco di un ippocastano, Robert esaminava i rami più alti dell'albero secolare. Il clima assolato delle ultime settimane aveva accelerato i processi di fioritura costringendo gli addetti alla manutenzione del verde a una serie di potature anticipate. Si trovava in un parco pubblico, nella zona sud della città, dove ogni giorno, mattina e sera, si radunavano maratoneti dilettanti per macinare chilometri nel nastro d'asfalto lungo il fiume. Aveva imparato la tecnica del *tree climbing* in America, sulle querce del Massachusetts. Gli alberi e i boschi europei, al confronto delle foreste dai fusti monumentali della sua infanzia, gli parevano sempre delle specie di bonsai. Il fatto di non soffrire di vertigini era il requisito minimo, ma non l'unico, per affrontare quel mestiere. Ci volevano nervi saldi, competenza botanica, agilità e potenza fisica. E resistenza. Arrampicarsi su un albero fino a quelle altezze non era un gioco da ragazzi. Ma da lassù, una volta arrivati, si poteva godere di un eccellente panorama.

Uno scoiattolo attraversò con una corsa frenetica un ramo poco sotto i piedi di Robert. «*You'd better go away from here*». Sì, per gli abitanti dell'ippocastano sarebbe stato meglio girare alla larga, per alcune ore. Il giardiniere controllò la tenuta dei moschettoni, strinse l'imbracatura, sistemò le cuffie insonorizzanti sopra il casco e avviò la motosega.

A causa del rumore e delle vibrazioni non poté sentire il telefono, sepolto dentro una tasca dei pantaloni da trekking, più o meno all'altezza del ginocchio. Aveva suonato ripetutamente. Terminato il lavoro e ridisceso a terra, una volta liberate le mani dai pesanti guantoni da "arrampicata", lo tirò fuori e si rese conto che un numero fisso sconosciuto lo aveva contattato più volte. "Brigida" pensò.

Compose subito il numero. Gli rispose una voce femminile: «Ospedale veterinario, come posso esserle utile?»

«Mi avete chiamato poco fa, ho portato lì un cane l'altra notte...»

«Ah, sì, la piccoletta. È fuori pericolo, dovrebbe venire a parlare con il direttore sanitario».

«Io? Ma non è mia! L'ho trovata...».

«Per la legge chi registra l'animale al momento del soccorso ne risponde. Anche per quel che riguarda le spese. È la legge italiana. L'aspettiamo al più presto».

Robert controllò l'orologio. Le due e mezzo. Il turno sarebbe terminato alle quattro. Giusto il tempo di andare a casa e fare una doccia e per le cinque sarebbe potuto arrivare. L'ospedale degli animali Argo, aperto giorno e notte, era risultata l'unica soluzione possibile. Il solo centralino che avesse risposto alla chiamata, la sera precedente, era stato quello. Aveva sede a Trofarello, a pochi chilometri da Moncalieri, in mezzo alla campagna, lungo la statale. Il giardiniere si era fatto accompagnare da Jorge, mentre Meo metteva a frutto le sue competenze mediche cercando di rianimare Romina, lunga distesa in corridoio. Erano partiti insieme, lui e il cubano, con la piccola sistemata alla meglio in un trasportino per gatti rimediato nel garage-bazar delle ragazze.

Robert aveva immaginato che nella città dove si era trasferito avrebbe trovato semmai una donna, una compagna, non certo un cane. Ma quella piccola trovatella nera era destinata evidentemente ad avere un ruolo nella sua nuova esistenza. Avrebbe seguito La Via. Come aveva imparato dai maestri zen, ogni imprevisto, ogni ostacolo, va colto come un'opportunità.

L'ospedale Argo di Trofarello era un edificio moderno tutto vetro e cemento, incastonato tra un concessionario d'auto e un mercatino dell'usato. L'interno aveva allegri muri colorati come quelli dei reparti pediatria. Robert si avvicinò al banco dell'accoglienza. «Sono qui per il cane» disse.

La segretaria riconobbe la voce e l'accento. «È arrivato, finalmente! Il dottore l'aspetta. Sala visita cinque».

Gli indicò il percorso. Avrebbe dovuto attraversare il corridoio turchese, imboccare il corridoio arancione, svoltare in quello giallo e fare qualche metro nell'anticamera blu. «Segua la linea gialla. Poi bussi».

«Ok» rispose Robert ubbidiente.

«Ma prima c'è da regolare questo».

Lui tirò fuori la carta di credito.

Si mise in cammino in quella specie di labirinto. Da dietro le porte proveniva ogni tipo di verso: cinguettii, squittii, grugniti, miagolii e latrati. L'arca di Noè a suo tempo doveva aver contenuto la stessa brulicante energia. Attese qualche instante nel silenzio dell'anticamera blu. Le sedie della sala d'aspetto erano vuote. Da lontano rimbombò nei corridoi il verso di un pappagallo arrabbiato. Poi, come gli era stato suggerito, bussò.

«Avanti!» si udì da dentro la stanza. «Prego, prego, si accomodi».

Il veterinario si alzò dalla sedia alla scrivania, andò incontro a Robert e l'accolse con una stretta di mano. Era cordiale, ma sul suo viso il giardiniere lesse un'ombra di tristezza.

«Sono Sebastiano Gallo, seguo la piccola».

«Molto piacere».

«Ha avuto una importante lesione alla colonna» spiegò. «Le zampe posteriori sono quasi completamente paralizzate, forse a causa di un incidente, ma più probabilmente per le percosse».

Robert pensò di aver capito male. Sgranò gli occhi.

«Sì, esattamente» proseguì il veterinario, interpretando lo stupore dell'altro. «Qualcuno potrebbe averla picchiata. Lo so, è crudele e non ha senso ma è una spiegazione possibile». Seguì un silenzio affranto. Non c'erano parole.

Gallo continuò: «L'ho operata e ho salvato il salvabile, ma non le garantisco niente. L'unica possibilità è, dopo la convalescenza che farà qui da noi, sottoporla ad un intenso ciclo di fisioterapia. C'è una tecnica in acqua, molto efficace, ho visto recuperare casi disperati»».

«Quindi non viene a casa?»

«Non oggi. Per la fisioterapia dovrà portarla qui tutti i giorni. Se non se ne può occupare personalmente si faccia aiutare».

Robert deglutì.

«Niente panico. Sono certo che ce la farà. Venga» disse il dottor Gallo. «L'accompagno da lei».

Attraversò con ampie falcate il dedalo di corridoi della clinica. Era un uomo molto alto, dal fisico imponente. Robert era altrettanto prestante. Parevano una coppia di supereroi. Fece strada nella sala dove una decina di gabbie contenevano sfortunati pazienti pelosi, chi fasciato, chi attaccato alla flebo, chi tramortito dall'anestetico, chi, soprattutto i gatti, con le pupille dilatate dalla paura.

Appena fu in grado di avvertire la voce di Robert, la cagnolina sporse il muso verso la grata e infilò il piccolo tartufo tra le sbarre, nella speranza di ricevere una carezza. Lui con un dito le grattò la minuscola porzione di pelliccia sopra il naso.

«Lei è un uomo fortunato» disse il veterinario «non immagina nemmeno quante gioie le darà questa piccoletta».

Robert non rispose. Non era più in grado di parlare. Un groppo di magone gli bloccava la trachea. La fragilità di quell'esserino nero, di quel Calimero cane, aveva toccato le corde più profonde della sua anima. Il dottor Gallo pescò un fazzoletto dalla tasca del camice e glielo porse.

«Non si preoccupi, può capitare. Una lacrima non ci rende meno uomini. Anzi».

Robert guardò dentro la gabbia e gli occhi gli si riempirono di amore. Si sarebbe assunto quell'impegno, a qualsiasi costo. E la piccola sarebbe tornata a camminare. Ma adesso non vedeva l'ora di tirarla fuori da lì dentro e abbracciarla.

18

Il tempo in libreria trascorreva fiacco. Agata aveva assunto la completa gestione del negozio, sperando in un aumento di stipendio. Ma il volume degli affari era talmente piccolo che la prospettiva cominciava ad apparirle irrealistica. Soprattutto da quando le sue datrici di lavoro erano scomparse. Romina si era fatta viva con lei due giorni prima ma poi era svanita nel nulla, e anche di Stella si erano totalmente perse le tracce. Seduta alla scrivania di "Non è una Pizza", la ragazza cercava di combattere l'ansia ascoltando la sua playlist preferita e scorrendo con il dito il suo profilo Instagram. All'improvviso alle spalle avvertì una presenza. Un paio di mani le sfilarono le cuffie. Una voce acuta urlò dentro le sue orecchie: «Disturbo?»

Si voltò e vide in piedi di fronte a sé una signora matura, elegantissima, luccicante di rossetto e di gioielli, con un'acconciatura corta e cotonata che sfidava le leggi di gravità. Pensava che personaggi del genere esistessero solo nei telefilm americani e invece eccola là, proprio davanti ai suoi occhi. «Non disturba affatto» rispose Agata, imbarazzata.

Aveva riconosciuto la gran dama. Era la stessa della fotografia. La magnate, la benefattrice. Ne aveva sentito parlare come di una figura quasi mitologica.

«Lo credo bene!» sentenziò la zia Titti.

Il piglio era quello, che non ammette repliche, di chi paga il conto. L'aria accigliata suggeriva il disappunto di un generale di fronte a una truppa indisciplinata. Agata ripose velocemente le cuffie e l'iPhone, aprì sullo schermo del computer l'home page dell'inserto culturale di un importante quotidiano e cercò di darsi un tono.

«Ehm... Qual buon vento la porta qui?» azzardò.

«Nessun buon vento, mia cara. Anzi, un ventaccio davvero pessimo. Ero ad Antigua, il tifone ci ha quasi sradicato la villa».

Agata la guardava a bocca aperta.

«Visto che è da ricostruire ne approfittiamo per un piccolo ampliamento. Ho impostato il lavoro ma mi serve la consulenza di un architetto. Vive a Torino, un vecchio amico d'infanzia....»

Lo stupore di Agata era proporzionato all'apertura della bocca, che adesso era spalancata.

«Prima di tornare a Parigi ho pensato di fare un salto a controllare come procedono gli affari qui. Non molto bene, a quanto pare. E a vedere come se la cava la mia piccola libraia. A proposito, dov'è?»

«Ehm... Non saprei».

La zia Titti registrò lo sguardo imbambolato della ragazza. E non le piacque.

«Non sai dove si trova Romina?»

«Temo di no».

«Non mi risponde al telefono. Suona a vuoto».

«Nessuno di noi riesce a contattarla, in effetti».

«Nessuno? Neanche Stella?»

«Non lo so. È sparita anche lei».

L'espressione della gran dama si fece accigliata. «In che senso sparita? Le è capitato qualcosa? E Romina, perché non è qui?»

«A questa domanda davvero non so rispondere, signora».

Da imprenditrice, Titti Mantovani giudicava una grossa negligenza affidare per più di mezza giornata la gestione del negozio, nel quale aveva investito tutto quel denaro, a una stagista. Per di più, le pareva, abbastanza tonta.

«Non riesco a immaginare quale genere di emergenza possa trattenerle lontano, tutte e due insieme, per giunta, dal posto nel quale dovrebbero tassativamente trovarsi: il loro posto di lavoro» protestò.

«Da quel che ho capito si è creata una situazione complicata...»

«Uhm».

«So che c'entra Matteo, c'entra la casa e c'entra Stella. E che è successa una cosa che non doveva succedere».

«Questa è la vita, mia cara. Niente va mai come dovrebbe andare. Però non ti seguo. Cerca di spiegarti meglio. Devo chiamare la polizia?»

«Non credo sia il caso. È una questione delicata. Troveranno il modo di risolverla tra loro».

La dama di mondo intuì la natura del problema.

«Ma i genitori di Romina non si fanno vivi? Quell'asino di mio fratello e quell'isterica di sua moglie che fine hanno fatto?»

«Credo siano a Courmayeur, per la settimana bianca».

La zia Titti sollevò gli occhi al cielo, con un sospiro risalito dalle più remote profondità dei suoi polmoni. Poi la pelle del viso, dietro lo spesso fondotinta, cominciò a cambiare colore. Dire che fosse seccata era dire poco. Ribolliva di ira e indignazione. «Benedette ragazze!» strillò in faccia alla povera Agata, che non ne poteva niente «mollare gli affari per una banale questione di cuore! Ma come si può?!»

Futili motivi. Ecco cos'erano. Contendersi una casa o, peggio ancora, un uomo. Che idiozia! «Il tempo è denaro, non c'è un minuto da perdere» concluse la zia Titti, stringendo forte i manici della borsa di Hermès.

Era chiaro aveva affidato il suo prezioso capitale a due irresponsabili. Il tifone era stato provvidenziale. Era arrivata giusto in tempo per vedere la baracca andare a rotoli. Per assistere di persona a un disastro annunciato. Non avrebbe mosso un dito per salvare quella piccola, patetica libreria di paese. Aveva atteso fin troppo che la situazione si risollevasse. Ora era chiaro che il debito non sarebbe mai stato ripagato. Si convinse in quell'istante che la soluzione per recuperare i suoi soldi poteva essere una soltanto: «Metterò in vendita domani stesso questo esercizio commerciale dal nome ridicolo. Tu, cara, prendi pure le tue cose. Sei libera. Voglio dire, licenziata. Qui vado avanti io».

Agata rimase impietrita.

19

Il segreto era non pensare. Non ricordare, non schiacciare il tasto rewind. Quella era stata la regola da quando era scappata di casa. Il soggiorno a casa Ferrero era piacevole, cercava di recare meno disturbo possibile, ma era chiaro che non sarebbe potuto durare a lungo. Le giornate erano vuote ma Romina assaporava la sensazione di essere uccel di bosco. Stava scoprendo quanto fosse elettrizzante muoversi in incognito per la città, senza impegni, orari né responsabilità. Dopo pranzo si era fatta trascinare da Cellulase, ormai diventato il suo fedele chaperon, nell'officina del carrozziere. Non tanto per sapere quando sarebbe stata pronta l'auto, informazione che avrebbe potuto ottenere facilmente con una telefonata, quanto per ripescare dalle profondità della Toyota lo smarphone. Un oggetto del quale Romina sentiva da lontano il richiamo ma del quale avrebbe continuato a fare a meno, se solo avesse potuto, così come avrebbe volentieri continuato a restare scollegata dal mondo nella condizione di un latitante o di una monaca di clausura.

La macchina sarebbe stata pronta non prima di una settimana: fanali, paraurti, lunotto e portello posteriori erano da sostituire. Emise un piccolo gemito di pena, guardandola. Poi si tuffò all'interno dell'abitacolo scavando tra i tappetini. «Non c'è» disse a Cellulase che seguiva dall'esterno le operazioni di ricerca.

«Guarda meglio».

«Ti dico che non c'è».

«Non è possibile».

«L'avranno fregato. Ah no, eccolo. Era di lato, tra il sedile e la portiera. Dove cade sempre di tutto. Ma guarda, ci sono anche delle forcine...»

Uscì dall'auto con il telefono in mano. Era ancora acceso. Con la batteria quasi scarica ma vivo e funzionante. Una pioggia di chiamate e messaggi era scesa su quel dispositivo. Tutto era registrato sul display e pareva dire a Romina: questa è la tua vita, non puoi continuare a fuggire. Le girò la testa. I nomi nell'elenco delle notifiche la riportarono istantaneamente alla realtà. Fu come riacquistare la memoria dopo un'amnesia.

«Benissimo» disse seria «Possiamo andare».

Rimase pensierosa e in silenzio per alcuni minuti.

«Domani tolgo il disturbo. Mi dispiace per tua moglie».

«Guarda che non disturbi affatto».

«Devo tornare».

«Hai deciso di tornare a casa?»

«A casa no. Ma devo tornare alla mia vita».

Si fece lasciare a una stazione del bike sharing. Indossò guanti, sciarpa e cappello e inforcò la bicicletta diretta all'atelier di Sarino Catena. Se al ritorno il bruciore alla natica tatuata le avesse impedito di pedalare, avrebbe preso il pullman. Per il primo tatuaggio della sua vita aveva scelto un felino. Eppure in quei giorni di latitanza i gatti erano usciti dai suoi pensieri e non si era posta il problema della loro sopravvivenza. Aveva dato per scontato che, in sua assenza, se ne sarebbe occupata Stella. Rigirò tra le mani il telefono e rilesse la decina di messaggi della sua convivente e socia in affari. Tutte variazioni su un unico tema: «Dobbiamo parlare».

Rispose con un laconico: «Dai da mangiare ai gatti». E spense.

Nel tragitto in bicicletta, mentre l'aria gelata pareva morsicarle le guance, considerò l'opportunità di cambiare il soggetto. Non che i gatti avessero perso il primato nella scala dei suoi valori affettivi, ma visto il modo in cui erano precipitate le cose da quando aveva preso la decisione di fare il tatuaggio, non era più così certa che lo spirito del Grande Felino fosse dalla sua parte. Forse un altro animale sarebbe stato più utile nella partita con la fortuna. Una tartaruga, un delfino, una farfalla, una libellula? Forse non un animale ma qualcos'altro. Un simbolo di buona sorte e prosperità di provata efficacia. Questo avrebbe fatto al caso suo. Un'ancora, un sole, un fiore di loto, un albero...

«Un albero!» esclamò a voce alta, al semaforo, sotto lo sguardo divertito dell'automobilista fermo accanto alla sua bicicletta. Romina gli sorrise. E fece il segno "vittoria" con le due dita guantate della mano destra.

Se il pensiero del veterinario era il filo di speranza che le aveva impedito in quelle ore buie di finire nell'imbuto e considerare la sua intera vita un fallimento, ora a tenerla legata a quell'uomo misterioso ma soprattutto alla speranza di un futuro di felicità e riscatto non sarebbe stato un filo né una fune ma addirittura un tronco d'albero. L'albero che gli aveva visto tatuato sul polso e che le si era fissato nella memoria come un messaggio subliminale. E solo adesso tornava a galla.

«Quindi niente gatto».

«Niente gatto. Ho cambiato idea».

«Mhm mhm».

«E non lo voglio sul sedere ma qui, sul polso. Spero non sia un problema».

«Non lo è».

«Il gatto lo facciamo magari un'altra volta».

«Tieni conto che i tatuaggi devono sempre essere dispari».

«Allora faremo un gatto e qualcos'altro. Ma incominciamo dal primo».

«Hai già un'idea?»

«Te lo disegno».

Romina chiese foglio e penna e si mise all'opera. Riprodusse l'albero, come lo ricordava.

«Ho capito» disse Sarino «ce l'ho tra i modelli».

«Che significato ha?»

«La vita. Le radici. La famiglia. La crescita».

«Wow».

«L'amore che dura nel tempo».

«Un amore secolare è proprio quello che mi ci vuole. Ah, dimenticavo. Me lo fai sul polso. Proprio qui».

Il tatuatore annuì, imperturbabile. E incominciò le procedure preliminari dell'intervento. La prima puntura fu una sorpresa.

«Ahia».

«Male?»

«Abbastanza».

Poi la pelle di Romina si abituò all'ago della macchinetta.

«Senti, ma Sarino sta per che cosa?»

«Per Rosario».

«Lo immaginavo».

Il tatuatore era dunque da escludere. Non che fosse un brutto tipo, tutt'altro. Un pilastro di muscoli, una chioma corvina, liscia e lunga fino a metà schiena, che lo faceva assomigliare a Vento nei Capelli, l'indiano forte e coraggioso amico di Balla coi Lupi. Romina aveva immaginato che dietro quel nome da operaio metalmeccanico immigrato dal meridione si nascondesse un uomo di mezza età, brevilineo, irsuto e tracagnotto. E invece l'aspetto di Sarino, come del resto il suo atelier, l'aveva sorpresa positivamente.

Sarino stava per Rosario. E in ogni caso lei era fissata con l'idea di un veterinario. Tuttavia, da quando la maga aveva dato il responso, ogni essere umano di sesso maschile, anche il più insignificante, il cui nome proprio cominciasse con la lettera "S", veniva preso in considerazione. Il gioco dell'iniziale era diventato un'ossessione, il dizionario dei nomi una bussola. La vita di Romina si era trasformata in una partita a Scarabeo che nella sua infantile visione del mondo l'avrebbe portata, grazie a una fortunata combinazione di lettere, alla felicità.

Seduta in poltrona, con il braccio steso sul lettino, mentre Sarino Catena calcava col pennarello elettrico sul suo polso, cercava di scacciare i cattivi pensieri e si lambiccava il cervello navigando tra santi, beati e martiri. Sirio, Sisto, Secondo. Salvatore, Salvio, Settimio. Sergio, Stefano, Samuele, Stanislao. Savino, Salomone, Sebastiano, Sansone. Una squadra di calcio, comprese le riserve. Nell'enciclopedia dei santi, che era corsa a consultare dopo il responso di Orsetta, risultava anche un Salmodio eremita ma Romina si era rifiutata di prenderlo in considerazione anche se, a pensarci bene, esisteva un rapper piuttosto famoso di nome Salmo. Satiro, Scipione e Saturnino vennero pure depennati, come gli sfortunati Serafino, Severino, Sigfrido, Sigismondo e Senofonte. Per non parlare di Simplicio, Sofronio e il martire dei martiri, Sulpicio.

Il primo a essere scartato era stato comunque Silvestro. Che esistessero due veterinari dall'aspetto molto simile era possibile, che i due portassero entrambi lo stesso nome era assolutamente improbabile. Tra quelli adatti a un essere umano e non a un santo medievale, restava dunque una piccola selezione. Sempre che ci si ostinasse a prendere per buona la profezia.

Terminata l'operazione, Sarino le applicò sul polso una crema e una pellicola protettiva. Romina rimase molto soddisfatta del risultato.

Tirò giù la manica del pullover e del piumino in modo da proteggere al meglio il lembo di pelle tatuata. Con quel freddo, in bicicletta, sarebbe stato opportuno coprirsi in ogni caso. Inforcò la gialla due ruote del ToBike e si immise in un lungo viale alberato in direzione del centro città. Aveva ben chiara in mente la sua destinazione. E anche la successiva. "Calma" si disse "un problema alla volta". E continuò a pedalare svelta.

Arrivata nei pressi di piazza Vittorio, parcheggiò il mezzo in una stazione bike sharing e s'incamminò verso il Caffè Elena, luogo di ritrovo di giovani intellettuali, dove era certa che a quell'ora, socievole e annoiato come il più classico dei *flaneur*, avrebbe trovato Matteo. E infatti era lì. Lo vide attraverso la vetrina, seduto nel solito tavolino in fondo alla sala. Ma l'atteggiamento del suo ormai ex fidanzato, ma nemico numero uno pienamente in carica, la sorprese. Aveva immaginato di trovarlo a flirtare con la cameriera, come era successo l'ultima volta che erano stati lì, nemmeno troppo tempo prima. Una bruna filiforme ventenne, bella come una principessa pellerossa, di sicuro studentessa di lettere. Invece era mestissimo, silenzioso e cupo, impegnato a rigirare il cucchiaino nella tazza che l'affascinante barista, nella sua più totale indifferenza, gli aveva messo davanti.

Romina si sedette al tavolo e lui quasi non se ne accorse. Quando alzò lo sguardo su di lei, negli occhi di Matteo balenò una luce che subito si spense.

«Ciao» disse debolmente.

«Ciao» disse Romina.

Durante il tragitto aveva messo a punto una strategia, ma la passività di lui adesso la spiazzava. Era lì per un chiarimento, in teoria. Per ricevere delle scuse, magari. In realtà cercava la rissa, la scena madre. Ma per questo ci sarebbe voluto un essere umano reattivo e invece quel che le sedeva di fronte era il fantasma di un uomo. Un topo bagnato che per una frazione di secondo le suscitò, incredibilmente, tenerezza. «Cosa ti è successo?» non poté fare a meno di domandare.

Eppure conosceva bene i fatti, visto che quel che gli era successo coincideva perfettamente con la rovina della sua vita.

«Se n'è andata».

Romina era una ragazza sveglia e in pochi secondi colse il senso di quella risposta. Esaminò meglio la postura del poeta, la ruga sulla fronte, le labbra ripiegate all'ingiù.

«Chi, se ne è andata?» La domanda era inutile, ma voleva essere certa.

Lui sollevò gli occhi dalla schiuma del cappuccino, che stava diventando freddo nella tazza. «Lei. Stella».

Sentire Matteo pronunciare quel nome in quel modo fu un colpo. Si era innamorato, dunque. Romina dovette appoggiare la schiena alla sedia. Si abbandonò con tutto il peso.

«Va avanti da molto questa storia?»

Che orribile domanda. Era il solito frusto copione.

«Da quel giorno. È stato un lampo nel cielo».

«Si chiama colpo di fulmine».

«È meno banale» sussurrò Matteo.

«E adesso lei dov'è?»

«Non lo so».

«E tu ti disperi».

«Non mi do pace. Non capisco dove ho sbagliato».

Romina inspirò profondamente e contò fino a dieci.

«E io, in tutto questo?»

«Tu sei una ragazza forte, te la caverai».

Lei rimase seduta, appoggiata allo schienale, e stette a lungo a guardarlo. Una strana calma la guidava.

«Ti rendi conto di quello che hai fatto?»

«Io non ho fatto niente» farfugliò il poeta senza guardarla negli occhi «Ho solo...»

Non gli fece completare la frase. Non aveva voglia di ascoltare la risposta. Qualunque cosa fosse successa quella sera, un unico fatto in quel momento valeva la pena di essere registrato: lei non aveva più voglia di ascoltarlo. E non lo avrebbe mai più ascoltato.

Scostò la sedia, si alzò, la rimise al suo posto, e si avvicinò a Matteo. L'espressione sul suo viso era neutra. Lui si alzò a sua volta per baciarla, in segno di rappacificazione. «Mi dispiace» le disse, commosso, aprendosi in un abbraccio «ero certo che avresti capito».

E fu proprio in quel momento, mentre era così disarmato ed esposto, che lei sferrò il diretto con la mano destra, con tutta l'energia di una ragazza forte che se la cava. Lui cadde all'indietro e sbatté la testa contro il rivestimento di legno della parete. Un rivolo di sangue gli colò da entrambe le narici.

«Ehi tu, Pocahontas» disse Romina alla bella cameriera. «Forse è meglio chiamare un medico».

E uscì sotto gli sguardi sgomenti della sala.

Spesso affidiamo a gesti semplici il compito di risolvere questioni complicate. Tuttavia anche una mossa efficace come tirare un cazzotto in faccia a qualcuno che se lo merita, non è detto che funzioni. Romina s'incamminò attraverso la piazza, diretta verso il fiume. Non per buttarsi dal ponte, la situazione non era tanto grave. Aveva sperato che un atto liberatorio l'avrebbe aiutata a stare meglio. Non era così, purtroppo. Le dolevano le nocche della mano destra, tanto per cominciare. E il rinculo di quel colpo così violento continuava a vibrarle dentro il cuore, come un sordo senso di colpa. Meditò di tornare indietro e scusarsi. Ma la vergogna prevalse e tirò dritto verso il bike sharing di fronte alla Gran Madre.

Pedalò forsennatamente per chilometri, diretta in nessun posto. Il naso era rosso e congelato. Se gli avesse tirato un colpo secco con pollice e indice, come si fa con le biglie, si sarebbe staccato. Si sentì un naufrago. Con quel freddo, un naufrago del Titanic. Era Rose alla deriva. Ma senza Jack. Pianse e pedalò. Pedalò e pianse, finché le lacrime non diventarono stalattiti attaccate alle ciglia. Le mancava la sua casa. Le mancavano i libri e i gatti, il suo letto e il suo cuscino, i suoi vestiti e la sua doccia. Le mancava quell'ipotesi di compagno di vita che era stato Matteo. Ma più di tutto, ed era inutile che cercasse di convincersi del contrario, le mancava Stella. Mise a fuoco quel sentimento e prese la direzione del cuore. Arrivò fin dove poteva con la bicicletta pubblica, quasi al confine del comune di Torino, e proseguì con l'autobus fino a Moncalieri. Viaggiò senza biglietto, incurante. Era in trance: una sonnambula.

Si era preparata il discorso. Questioni etiche, massimi sistemi. Parole pesanti come pietre. Il fatto di trovarsi in maniera tanto conclamata dalla parte della ragione le aveva permesso di dare sfogo a una retorica bacchettona che nemmeno sospettava di aver fatto crescere dentro di sé. In testa ancora le giravano, come i raggi delle ruote, mille domande senza risposta. Come l'avrebbe affrontata? Con quali parole? Quale atteggiamento avrebbe scelto? Una severa superiorità morale? O la benevolenza? E la loro amicizia sarebbe sopravvissuta a tutto questo? Al terremoto del tradimento prima e ora allo tsunami del rancore? Scese dal pullman e percorse la ripida salita che portava alla piazza. Sempre più carica e determinata. Con il cuore che batteva all'impazzata per l'emozione e per lo sforzo.

Ora aveva paura. Era l'anticamera di uno scontro. Matteo aveva detto che era sparita, ma era troppo pigro per andarla a cercare fino lì. Romina era certa che l'avrebbe trovata al suo posto e che sarebbe stato doloroso. Ma non poteva tirarsi indietro, un chiarimento era necessario. Se il nodo non fosse stato sciolto al più presto, si sarebbe cementato in un risentimento impossibile da superare. E tutto sarebbe andato a rotoli. Si fece coraggio. La libreria era il loro progetto, il senso della loro vita. Lì avevano messo radici, passione e cuore. Era il loro posto, il loro mondo, la loro terra. Era la loro Tara. Da lì, ne era certa, sarebbe ricominciato tutto.

Salì l'ultima rampa e svoltò sotto i portici. Giunse di fronte all'ingresso di "Non è una Pizza" e con grande stupore lo trovò chiuso. La saracinesca era abbassata. Non solo non c'era traccia di Stella, ma il luogo aveva un'aria derelitta. Chi avesse chiuso, dove fosse finita Agata e cosa fosse successo era un mistero. Una serie di ipotesi si affastellarono nella sua mente. Nessuna che avesse un senso. Si guardò attorno, in cerca di qualcuno da cui ottenere una spiegazione. Entrò nel bar accanto alla libreria ma la ragazzina concentrata sulla macchina del caffè scosse la testa: non aveva visto nulla, sentito nulla, non ne sapeva nulla e nulla ne voleva sapere.

Si ritrovò sola a meditare sui propri errori. Era tutta colpa sua. Si era nascosta. Era stata vile. Aveva perso tempo. Aveva perso il controllo. Il freddo all'improvviso si fece sentire. E anche il rimorso. Come aveva potuto, per la rabbia e il risentimento, dimenticare tutto così? Abbandonare al loro destino la libreria, i suoi amici, i suoi gatti? Stella non c'era. Era sparita, come aveva detto Matteo. Se n'era andata. Aveva lasciato lui ma anche lei. Ora la terra sotto i piedi di Romina prese sul serio a vacillare. In quel preciso momento si rese conto di aver spiccato il volo verso il totale disastro e che nessun veterinario di nome Sisto, Sofronio o Stanislao avrebbe potuto salvarla.

20

Nel retro della pasticceria, Stella si levò il camice e l'appese. Controllò l'orologio: le otto meno un quarto. Un'altra giornata era volata tra farine e lieviti, creme e Pan di Spagna. Il laboratorio era un'isola profumata di zucchero a velo. Si annusò le mani. Sapevano di sciroppo. Si levò la cuffia e i copriscarpe e andò verso l'armadietto dove aveva lasciato la sua roba. Quelle poche cose appese nello stipetto avevano l'aria desolata di una natura morta. Sentì il groppo arrampicarsi lungo l'esofago e risalire fino alla gola. Aprì il frigorifero e ingoiò un bignè alla nocciola. Era il venticinquesimo pasticcino che mandava giù dalla mattina. I dolci erano il solo antidoto che funzionasse contro la tristezza e il senso di colpa. Così a ogni rigurgito di rimorso rispondeva con un dolcetto. Aveva ingoiato saccarosio in ogni forma: tartine alla crema, meringhette, chantilly, croissant, macarons, paste di mandorla, tranci di Sacher Torte. Il senso di nausea era crescente, ma sempre meglio di quella terribile morsa allo stomaco che a tratti le impediva di respirare. Infilò il maglione, il berretto e il piumino, prese lo zaino, richiuse l'armadio. Non aveva più voglia di mangiare, questo era sicuro. Ma nemmeno di salire subito a casa.

L'appartamento si trovava sopra un laboratorio di pasticceria, la "Fabbrica delle Torte", a Trofarello. Una piccola azienda a conduzione familiare di proprietà di sua cugina. Con la cugina i rapporti non erano mai stati di grande amicizia, il che aveva convinto Stella a bussare alla sua porta. Una maggiore confidenza avrebbe creato solo imbarazzi e complicazioni. Si era presentata chiedendo un lavoro senza dare spiegazioni. La cugina era una concreta ragazza di campagna e non aveva fatto troppe domande. Vista Stella all'opera, aveva colto al volo il colpo di fortuna: avrebbe potuto approfittare di quelle mani d'oro per uno stipendio molto inferiore a quello che di solito le toccava sborsare per avere tra i piedi i buoni a nulla della scuola alberghiera. Stella era convinta di aver ricevuto un favore, ma era vero il contrario. Con l'impiego aveva ottenuto anche un posto letto nella mansarda sopra il laboratorio. Una stanzetta gelida nel sottotetto dell'edificio, una villetta con rimessa di un deciso color giallo uovo, come fosse stata dipinta direttamente con i tuorli. Anche in questo caso, il misero alloggiamento era stato fatto passare come una generosa concessione. Stella aveva accettato con gratitudine. Con l'autostima precipitata sotto i piedi, era convinta di meritare ogni tipo di umiliazione.

Il maglione di lana spessa con le trecce le stava addosso come la grossa vela sgonfia di una barca nella bonaccia. La dieta a base di pasticcini e lacrime aveva reso la sua già sottile silhouette quasi inconsistente. Pareva una figurina ritagliata nella carta. Si guardò nello specchio del bagno per sistemarsi il cappello. Uno sbaffo di farina copriva le lentiggini sul naso. Si sciacquò il viso e fece i conti con la realtà: quella era la sua nuova vita. Almeno finché non avesse trovato la forza di affrontare le conseguenze delle proprie azioni. Scartò l'idea di rientrare nell'alloggetto. Ad attenderla avrebbe trovato un frigorifero vuoto, un lettuccio con la rete metallica resa concava dagli anni e dall'usura, con sopra un copriletto di ciniglia verdone, e una vecchia televisione con l'antenna a baffo. Non c'erano libri in quella stanza, grazie al cielo. Nulla che potesse riportarla con il pensiero alle raffinate piacevolezze della sua vita precedente. Un eremitaggio senza il minimo confort. Questa era la punizione che aveva scelto per sé.

Optò per una passeggiata. La pasticceria si trovava in una stretta via laterale della statale che attraversava i piccoli comuni della zona metropolitana sud di Torino. Lungo l'arteria al confine tra Trofarello e Moncalieri, capannoni in disarmo, fermate dell'autobus deserte, insegne di fast food, poche auto parcheggiate. Se era il nulla che Stella aveva desiderato, era stata accontentata. Fece qualche passo lungo la statale. Il freddo era intenso. Il traffico, invece, piuttosto fiacco. Era l'ora di cena, già tutti erano rientrati a casa. Le famiglie si radunavano in cucina davanti a un telegiornale e a una pietanza calda. La nostalgia le trafisse il cuore. La morsa le serrò lo stomaco.

Incurante del resto del mondo e di tutto ciò che non fosse il suo dolore, dopo pochi metri transitò come cieca davanti a un grosso palazzo di vetro. Non fece caso alle insegne dell'edificio, che ospitava un mercatino dell'usato, un concessionario d'auto e un ospedale veterinario. E nemmeno si accorse che qualcosa si trovava sulla traiettoria dei suoi svelti passi ostinati se non quando una massa morbida e marrone le fu addosso. Un giaccone. Un uomo. La collisione fu leggera, di striscio, spalla contro spalla. Ma abbastanza decisa perché lei tornasse in sé e mettesse a fuoco l'orizzonte attorno a lei. «Mi scusi» disse all'uomo che involontariamente aveva urtato.

Quello la guardò come gli fosse apparsa la Madonna in carne e ossa. Poi lo stupore si tradusse in un abbraccio. In uno di quei goffi abbracci imbottiti dell'inverno, piume contro piume. «*Madre de dios*, Stella! Sei viva? Ti cerchiamo da giorni!»

L'accento spagnolo di Jorge fece balenare negli occhi di lei un bagliore. Ma fu una luce senza parole. Rimase a guardarlo senza dire niente. Poi tirò dritto.

«Ehi, ma dove vai?»

Lei non accennò a rallentare, lui le corse dietro. La superò e le si mise davanti. Stella fu costretta a fermarsi.

«Ciao Jorge» disse alla fine, per educazione. Senza sollevare lo sguardo da terra. Due occhioni da cerbiatto spalancati e tristi che fissavano le punte delle sue stesse scarpe.

Era avvilita. Il destino non era dalla sua. Quante probabilità aveva di imbattersi in un conoscente in un posto come quello? Una persona si aspetta di incontrare uno zelante vicino di casa mentre va a buttare l'immondizia, non quando ha deciso di seppellirsi viva nella periferia più profonda e far perdere le proprie tracce. Desiderava solo che lui si dileguasse al più presto, con la stessa velocità con la quale era apparso, per poter ricominciare a soffrire in pace per conto suo.

«Che ci fai qui tutta sola?» insistette lui.

«Cerco di riflettere. Ma evidentemente non è possibile».

Con una improvvisa falcata laterale, Stella scartò Jorge per riprendere la corsa. «È meglio che vada».

«*Mi corazón*, tu non vai da nessuna parte».

«Senza offesa, Jorge, voglio stare sola».

Riprese a camminare a testa bassa lungo la statale. Dopo settimane di sereno, già dal pomeriggio una massa di nuvole basse aveva coperto il cielo che ora premeva come un tetto grigio. Qualche fiocco di neve da qualche minuto aveva incominciato a scendere.

Jorge la guardò allontanarsi. E prese una decisione. Andò verso l'auto parcheggiata a poche decine di metri, mise in moto, fece inversione a U e, a passo d'uomo, si mise all'inseguimento.

«Vai via» gli intimò lei.

«Non se ne parla». Impassibile, con il gomito sul finestrino abbassato e gli occhi strizzati per ripararsi dalla neve, lui le teneva dietro.

«Ho bisogno di stare sola».

«Balle. Stare soli fa male. Sali, ti porto a mangiare una pizza. Hai l'aria di una che non fa un pasto decente da un po'».

«Mangio pasticcini» replicò Stella con la massima serietà.

Camminava veloce. Lui con l'auto le stava di fianco. Una macchina superò quella di Jorge con una strombazzata di clacson e una raffica di abbaglianti. Lei si rese conto dell'assurdità della situazione. Si fermò. Si voltò, mise le mani sull'orlo del finestrino. «E va bene. A patto che mi giuri che non rivelerai a nessuno dove mi trovo. Se mi tradisci non mi rivedrete mai più».

«Hai la mia parola».

Poco dopo si sedettero al tavolo d'angolo in un locale da camionisti con le tovaglie di carta, i coltelli con i manici di plastica e il vapore di condensa che colava dai vetri delle finestre. Stella si sentì di nuovo in famiglia.

«Ma tu che ci fai in questo deserto?» gli domandò.

«Ho dato il cambio a Robert, per la fisioterapia di Brigida. Lui non può. Ha un lavoro nelle Langhe, un vigneto o roba del genere».

«Brigida?»

«Il cane».

«E da quando Robert ha un cane?»

Poi il pensiero di quella sera la trafisse. Fu una stilettata.

Riuscirono per buona parte del pasto a non parlarne. Alla fine, quando ormai delle pizze non era rimasto nei piatti che il bordo di pasta bruciacchiata, lui decise di affrontare l'argomento: «Se ne è andata anche Romina. È venuta ieri, ha preso le sue cose. Mi ha mollato i gatti».

Stella portò il dito medio tra le labbra, lo intinse di saliva e cominciò a mangiucchiare briciole di pasta della pizza dal piatto. «E dov'è andata?»

Sul suo viso Jorge non riuscì a leggere niente. «Non ne ho idea» rispose.

21

Con gli occhi color ghiaccio, Sven Gunnarsson esaminò l'ultimo arrivato dei suoi frigoriferi. Il sesto. Un bell'elettrodomestico, solido, vecchio e ben panciuto. Si compiacque della scelta. Sul suo pallido volto si vide splendere per la prima volta, da quando era sbarcato a Rivoli, un sorriso. Carol poté finalmente respirare. Aveva corso in lungo e in largo tra la città e l'hinterland, in quei tre lunghissimi giorni, in cerca dell'elettrodomestico giusto. Quello di Mimì, che aveva tanto rapidamente procurato nell'emergenza iniziale, per qualche misteriosa ragione era stato scartato dall'artista. Lei immaginò per pura crudeltà, per il sadico piacere di vederla sbattersi su e giù dal furgone, avanti e indietro da un magazzino a una discarica, solo per poterle dire: «Non va bene. Non è quello giusto». E farla ricominciare. Si convinse che lui avesse consapevolmente bocciato ogni proposta per il puro gusto del thriller, per far passare le ore e creare tensione nel team alla vigilia della mostra. Si rese conto anche di quanto a quella star del mercato internazionale – a differenza di tutti loro, il direttore del Museo, lei, Clotilde – fosse indifferente l'esito dell'allestimento. Tutti quegli urli e quei capricci, durante il primo sopralluogo, non erano che la reazione di un dittatore infastidito dalla mancanza di precisione. La mostra avrebbe funzionato in ogni caso, anche con cinque frigoriferi, con quattro, o con zero, in quanto semplicemente legata al suo nome e alla sua fama.

Comprese l'avversione di Clotilde per Gunnarsson: quell'uomo era un aguzzino, un torturatore. Il frigo che stazionava davanti a lei non aveva niente di speciale, considerò Carol, nulla di più o di meno di quello di Mimì, che era stato riportato al suo posto, nel cortile del pizza-kebab. Lei non avrebbe dovuto ricambiare il favore procurando il biliardo, e quello era l'unico aspetto positivo della situazione.

L'artista svedese, dal canto suo, era rimasto colpito dall'efficienza della ragazza con i tatuaggi. Gli capitava spesso di mettere alla prova la resistenza dei collaboratori dei musei, e raramente di rimanere soddisfatto del lavoro di qualcuno.

«Sei stata in gamba» le disse.

Chiese che venisse convocata la vicedirettrice, responsabile del *vernissage* di inaugurazione, previsto il giorno successivo. Clotilde comparve poco dopo, come sempre accompagnata da una nuvola di agitazione. L'idea di avere di nuovo a che fare con quel tizio così nervoso l'aveva scombussolata.

«Voglio questa ragazza tra i miei ospiti» ordinò Gunnarsson.

Lei si prostrò ai suoi piedi, scarabocchiando il nome di Carol sul suo inseparabile taccuino rigido. Le pulsavano le tempie e la giugulare, era in preda ad un attacco di tachicardia. Era certa che entro l'indomani alle sei del pomeriggio, ora del taglio del nastro, sarebbe morta. Sarebbe scivolata sotto gli occhi di tutti sul parquet della Manica Lunga, con addosso il suo abito migliore, colpita da un infarto o da un ictus. «Va bene» rispose. Altro, in quelle condizioni, non riuscì a dire.

Sven la guardò allontanarsi. Poi, mentre Carol tentava di tagliare la corda, si rivolse a lei, pieno di scintillante autostima: «Posso invitarti a cena?»

Trovava che sedurre ragazze italiane fosse persino più divertente che giocare al fantacalcio britannico.

«Non posso, mi dispiace. Grazie comunque». Non vedeva l'ora di tornarsene a casa, sciogliere i muscoli e tutta quella tensione con un po' di yoga, e stendersi sul divano con Aoi sullo stomaco, come una borsa dell'acqua calda.

Ma l'ego di Sven Gunnarsson non era incline all'accettazione di un "no". Le si avvicinò, risoluto, ben oltre il perimetro di sicurezza. Lei fu spiazzata da quella mossa di attacco così repentina. Tentò un passo indietro ma poi cambiò idea. Ad impedirle di svignarsela fu il profumo proveniente dal maglione dell'artista scandinavo: un blend di legno affumicato, pepe e frutti di bosco che rimandava agli aromi della sua terra d'origine. Mancava giusto l'aringa.

Era un odore magnetico. Piacevolissimo ma infido. Carol rimase sospesa per alcuni istanti tra due forze, quella che le faceva respingere quell'uomo dall'aspetto magnifico ma dallo sguardo crudele e quella che irresistibilmente l'attirava verso di lui. Vinse la seconda. Sven le diede appuntamento alle nove in un locale del Quadrilatero Romano, proprio accanto al suo albergo, un cinque stelle di fronte alle Porte Palatine. Carol si rese conto di aver accettato l'invito quando lui ormai era salito a bordo della berlina ministeriale che il Museo gli aveva messo a disposizione. Avrebbe trascorso la serata con l'aguzzino.

Rientrata nel suo appartamento per la doccia, notò qualcosa di insolito. Il gatto Aoi non le era venuto incontro. Il rituale quotidiano "tu-apri-la-porta-e-io-ti-saluto-strusciando-il-muso-sulle-tue-caviglie" aveva subito una variazione. "Molto strano" pensò Carol. Lo chiamò più volte ma l'animale non diede segni di presenza. Ancora più strano. Lo cercò dappertutto finché non lo trovò dentro un cassetto mezzo aperto dell'armadio, tutto rannicchiato e con l'aria mesta.

«Che ti prende, ciccione?» Il gatto rispose con uno sguardo assente. Tutti i felini hanno l'espressione seria, ma quella di Aoi sembrava addirittura grave. Quel pacioso grassone non aveva fame, a quanto pareva. Rivolse alla sua benefattrice, ora armata di ciotola e crocchette, solo un'occhiata distratta e depressa. Carol si preoccupò. L'avrebbe tenuto in osservazione e il giorno seguente, se avesse continuato a non mangiare, l'avrebbe portato dal veterinario.

Prima di uscire, inviò dal telefono un messaggio a Mimì: "Verso le dieci se puoi sali da me e controlla il gatto non ha mangiato sono preoccupata se riesci dagli qualcosa la chiave è nell'armadietto del contatore del gas sul ballatoio".

22

«Mi avete delusa moltissimo entrambe».

La borsa di Hermès dominava il tavolino del salotto come una minaccia. Zia e nipote erano faccia a faccia nella suite royale di un hotel a cinque stelle di fronte alle Porte Palatine, nel Quadrilatero Romano, dove Madame Mantovani era solita scendere quando, specie nella stagione fredda, preferiva godere i piaceri metropolitani piuttosto che la quiete e il silenzio dei *relais* sulla collina.

La benefattrice era andata a recuperare l'erede con un taxi, fino a Moncalieri. Romina si era rivolta a lei sperando di ottenere una spiegazione. E, purtroppo per lei, l'aveva ottenuta. Ora si teneva la testa tra le mani, disperata. Non piangeva, singhiozzava. Gli occhi erano due vesciche e dal naso usciva un fiume di muco trasparente.

«Benedetta ragazza, ti ho mai spiegato che le donne si dividono in due categorie? Ci sono quelle che ragionano con il cervello e quelle che, semplicemente, non ragionano».

«Tu non capisci».

«Invece capisco benissimo. Capisco che ho buttato un mucchio di soldi».

«Non puoi vendere! È la mia vita. La nostra vita».

«Se Stella neanche c'è. E poi lasciamola perdere, quella là, che è meglio».

Romina non seppe cosa rispondere, continuò silenziosamente a piangere. Tutto era stato deciso. In quanto finanziatrice principale, la zia Titti disponeva di fatto della proprietà della libreria. Al momento dell'investimento aveva preteso una clausola che obbligasse a passare attraverso lei per qualsiasi scelta di natura economica. Senza questa garanzia, non avrebbe accettato di entrare nell'affare. Piuttosto si sarebbe giocata i soldi al casinò. Non c'era modo di opporsi al volere di quella donna. Una dominatrice che aveva dalla sua la più potente delle armi.

«Nella vita comanda chi ha il denaro. Dunque, comando io» aveva dichiarato la zia Titti, ponendo fine alla discussione.

Il cuore di Romina sanguinava. Avrebbe dovuto dire addio alla libreria: il suo posto, il suo mondo, la sua terra, la sua Tara. Cosa le sarebbe rimasto? Una vita priva di senso e di radici.

«Ma tu non puoi...» tentò debolmente di controbattere.

«È stata una lunga giornata, andiamo a dormire» decise la volitiva signora, indicando alla nipote la scala.

La suite era distribuita su due piani, con un soppalco in legno incastonato tra le travi come una capanna sull'albero. Una gigantesca vetrata senza tende collegava direttamente lo spazio interno al cielo notturno. Le Porte Palatine e il Duomo erano visibili, molto più in basso, solo avvicinandosi ai vetri.

«Tu dormi sopra» sentenziò la zia Titti.

A Romina non era concessa scelta su nulla, finché si trovava sotto l'autorità di Madame Mantovani. Nel salone al piano di sotto troneggiava un letto a baldacchino rivestito di un tessuto bianco, leggero e trasparente come un velo da sposa. «Io sono sistemata qui» aggiunse la *grande dame.*

Romina trascorse più di un'ora distesa sul letto, con lo sguardo fisso sulla televisione spenta. L'attendeva una notte insonne, in compagnia dei più foschi pensieri. Si diresse verso il frigobar del soppalco, in cerca di qualcosa che fosse alcolico e bello forte. Solo una sbronza le avrebbe consentito di arrivare velocemente al mattino dopo.

Il taxi con a bordo la zia Titti che prima di cena l'aveva recuperata davanti alla libreria, aveva allungato il tragitto e fatto tappa alla villa, per consentirle di mettere insieme un piccolo bagaglio. Ritornare a casa era stato come farsi trafiggere al cuore dalle frecce di un'intera tribù Apache. Parecchi vestiti di Stella mancavano dall'armadio, così come il suo borsone da viaggio. La giacca a vento non era appesa in corridoio e in bagno era scomparsa la crema per il viso. Se ne era andata in modo organizzato. Non era stato un colpo di testa ma un'azione consapevole e meditata. Dunque, aveva un piano. E un posto dove stare.

Dopo la seconda bottiglietta di rum, Romina mise le mani dentro la borsa in cerca di una pastiglia per il mal di testa. Le lacrime e l'alcol le avevano provocato l'emicrania. Le sue dita vennero a contatto con qualcosa che inizialmente non riconobbe. Qualcosa di liscio, setoso. Un sacchetto di stoffa. "Orsetta!" ricordò. Mezza sbronza, guardò l'orologio. Mezzanotte meno un quarto. Si sollevò dal letto a fatica. Era stordita e senza forze come un animale ferito. L'avrebbe fatto. Tanto ormai tutto era perduto. Doveva sbrigarsi, però. Le restavano solo quindici minuti.

Chiuse la porta. Il bagno era rivestito di pietra lavica. Una scatola grigio scuro. Solo un piccolo lucernario, sul soffitto, dal quale penetrava un sottile raggio lunare. Faceva caldo, in quella specie di cripta. Si spogliò e rimase in reggiseno, canottierina e culotte. Per prima cosa tirò fuori gli appunti. Seguire alla lettera le istruzioni, le aveva raccomandato la maga. In mancanza di un piano di appoggio, posò gli oggetti sul coperchio del water. Le candele, l'incenso, l'olio profumato, le foglie di verbena e un piattino di peltro trovato provvidenzialmente su una mensola della stanza. Posizionò le pietre tutto attorno come aveva visto fare a Orsetta. Lesse la formula. Accese le candele, spezzettò le foglie di verbena e le mise a bruciare assieme all'olio e all'incenso. Si annodò il nastro rosso al polso. Poi schiacciò l'interruttore della corrente elettrica, facendo piombare il bagno nel buio più assoluto, rischiarato solo dal raggio di luna e dalla luce tremolante delle candele. Ripeté la formula varie volte, mentre lo specchio rifletteva la sua immagine in quella luce calda e fioca facendola apparire più bella.

Orsetta era stata chiara. Ogni incantesimo per essere efficace richiede almeno un'identità. In mancanza di certezze, Romina decise che nel rituale del nodo d'amore avrebbe assegnato il ruolo del partner all'affascinante uomo con la coda di cavallo incontrato al supermercato. Se proprio si doveva annodare, si sarebbe annodata con lui. Gli istanti trascorsero, le candele iniziarono a consumarsi, così come le foglie di verbena e l'incenso. Ora veniva la parte più difficile. La visualizzazione. Fu in quel momento che Romina rimpianse di non essersi mai iscritta a un corso di yoga o a un centro di meditazione zen, perché il suo cervello, poco allenato a trattenere le immagini a lungo, dopo aver proiettato per pochissimi istanti quella del veterinario, che peraltro con il passare del tempo era andata sgranandosi, prese a saltellare tra gli eventi delle ultime giornate. E al posto di un'identità maschile dai profili netti e chiari, nella sua mente prese forma un puzzle cubista nel quale Matteo e Stella, Cellulase e la zia Titti, Eva e Silvestro Gatto, la ragazza con il frangione biondo e Sarino Catena, si mescolavano uno con l'altro in una caotica foto di gruppo.

Rimase a lungo assorbita da foschi pensieri attorno al suo *corazón espinado*. Mentre dalle candele usciva un filo di fumo scuro.

23

Il profumo di Sven aveva esercitato su Carol l'effetto di un incantesimo per tutta la cena. Era capitolata prima del dessert. Aveva lasciato la Vespa rossa, suo abituale mezzo di trasporto "leggero", parcheggiata davanti all'hotel, il cinque stelle di fronte alla Porte Palatine. Era chiaro quale sarebbe stato l'epilogo della serata. Non l'avrebbe recuperata che la mattina dopo. Dopo il sesso Sven si era addormentato. E lei era rimasta un po' a guardarlo dormire. Aveva una bellezza inquietante. E il suo fiato, notò, sapeva di lampone. Dopo qualche minuto si era assopita anche lei. Respiravano all'unisono nel letto, naso contro naso, quando da un invisibile altoparlante esplose il suono assordante di una sirena. Potente come lo scoppio di una mina. Carol trasalì e spalancò gli occhioni blu. «Cosa succede?!»

«Tranquilla» rispose Sven, per nulla turbato. «È l'allarme antincendio». Girava il mondo. Gli era capitato altre volte di ritrovarsi in pigiama sul marciapiede di un albergo nel cuore della notte. «Sarà qualche cretino che si è chiuso in bagno a fumare».

Bussarono alla porta. Una voce priva di emozione intimò: «Piano di evacuazione, dovete lasciare immediatamente la stanza».

«Va bene» urlò Sven, in modo da farsi sentire al di là della porta. Poi aggiunse sussurrando: «Possiamo prendercela comoda, questo genere di operazione può durare almeno un'ora».

«Come sai che non sta andando a fuoco l'hotel?»

L'artista sorrise. Era completamente nudo, ancora nel letto. La sua pelle chiara si confondeva con le lenzuola. «Ci sarebbe odore di fumo, mia deliziosa ragazza italiana» rispose, seguendo col il dito i contorni dell'amarilli sulla coscia. «E l'inserviente che ha appena bussato non avrebbe avuto quel tono flemmatico da maggiordomo che annuncia: la cena è pronta».

Lei rise. «Ferma così che ti faccio una foto!» disse lui.

Prese l'iPhone e scattò. Poi si buttò addosso l'accappatoio che trovò in bagno, mentre lei si alzava dal letto in cerca della borsa.

Carol diede un'occhiata al telefono e sbiancò. Sven l'osservò cambiare espressione. «Il mio gatto. Credo stia morendo. Devo proprio andare».

Sven pensò: "Che razza di scocciatura. Proprio adesso". Ma disse solo: «Ti accompagno».

Lei si vestì in un lampo, come se veramente le fiamme avessero cominciato a lambire la porta. «Sono in moto. Devo solo cambiarmi» gli disse. «Se proprio vuoi venire, fatti trovare qui sotto tra cinque minuti».

Ma lui intendeva: "Ti accompagno alla porta".

Quel che Carol trovò fuori dalla stanza, più che un albergo in fibrillazione, era l'atmosfera movimentata di un centro commerciale il sabato pomeriggio. Un via vai di pigiami e camicie da notte, accappatoi e pantofole di spugna, capannelli di persone ad ogni angolo. Vari accenti stranieri si mescolavano in una babele di chiacchiere e proteste. Nessuno, tuttavia, pareva aver preso il pericolo troppo sul serio. C'era coda davanti agli ascensori, tutti in servizio. Un falso allarme, Sven aveva ragione. Carol imboccò le scale e le scese di corsa. Continuò a correre nella hall. Qui trovò altri gruppi di ospiti infastiditi. Tra loro notò una ragazza bruna, che vagava per i saloni con lo sguardo assente. La riconobbe ma non ebbe il tempo di fermarsi a salutarla. C'era una questione da risolvere al più presto. Una questione di vita o di morte.

"Il gatto non respira e ha occhi come vetro" aveva scritto Mimì in uno dei tanti messaggi inviati nelle ultime due ore.

Carol aveva compreso immediatamente la gravità della situazione. Non c'era tempo da perdere. Nel portaoggetti della moto teneva sempre pronto un cambio d'abito. Si era rivelato utile, per i casi di emergenza, tanto quando la chiave a croce per cambiare la ruota o la ricarica per la batteria. Indossò velocemente una tuta, un maglione col collo alto e un paio di scarponcini e ripose la minigonna e i sandali con il tacco di legno, che indossava abitualmente anche d'inverno con i calzini corti, nel vano sotto il sellino. Mise in moto la Vespa con il pedale.

«Ti prego, grassone, non mi abbandonare» supplicò a voce alta. Poi ricacciò in gola le lacrime e si concentrò sul da farsi.

Di fronte all'albergo si era nel frattempo radunata una piccola folla scontenta. «Ora basta, fateci rientrare nelle camere! Vogliamo andare a dormire». Ma il piano di evacuazione aveva un suo protocollo da seguire. Il direttore, un tipo impomatato dalla faccia tirata e lucida come quella di un serpente, rimproverò Romina con severità. «La prossima volta, signorina, se proprio vuol fumarsi uno spinello, vada sul balcone!»

«Non era una canna, le giuro. Erano candele».

«Candele?!» intervenne la zia Titti. «Benedetta ragazza...».

«Sì, zia. Poi ti spiego».

Il rituale era andato a buon fine ma aveva emesso un responso che l'aveva lasciata, se possibile, ancora più avvilita. Nel piattino di peltro, al termine del falò che aveva fatto scattare l'allarme antincendio, avevano preso forma due lettere. La prima, ben visibile, era una "S". E questa non era una novità. Poi, accanto, un po' deformata ma chiarissimamente leggibile, una "G".

"G di Gatto!" aveva esultato Romina, ancora sotto l'effetto del rum. "Che idiozia!" si era poi corretta. Silvestro era fuori gioco. Aveva buttato giù dal letto tutta quella gente per un incantesimo inceppato che ripeteva continuamente la stessa profezia come un disco rotto. La cosa più intelligente, a quel punto, sarebbe stata gettare tutto il kit della magia nel primo cassonetto e lasciar perdere. Ma era ubriaca e ostinata. Le due lettere erano entrate nel suo cervello e si erano messe in moto come piccoli tarli operosi. S'incamminò, sbandando leggermente, oltre le porte scorrevoli dell'ingresso dell'hotel e si ritrovò sul marciapiede.

Nella hall intanto, elegante e algido come appena sceso da una passerella londinese, comparve Gunnarsson.

«Sven!!! Carissimo!» trillò la zia Titti, che lo riconobbe all'istante. Incontrare celebrità davanti alla reception dei grandi alberghi era per lei all'ordine del giorno.

«Madame Mantovani, che piacere» rispose lui cordiale. L'aveva conosciuta due anni prima nel salotto newyorkese di Jonathan Safran Foer e ne aveva tratto immediatamente un'ottima impressione. Quella magnate cosmopolita, con le sue battute sagaci e la sua vitalità, era capace di metterlo di buon umore.

«Non vedo l'ora di scoprire il soggetto della tua nuova mostra» disse lei con il preciso proposito di lusingare la vanità dell'artista «Si dice sia un gran segreto».

«Sarò lieto di averla tra i miei ospiti».

«Curioso incontrarci in questo frangente».

«Senza dubbio, madame».

«Posso presentarti mia nipote?»

Si voltò, pensando di trovare Romina alle sue spalle, dove poco prima l'aveva lasciata. E invece non era più lì. Incapsulata nella nebbia dei suoi pensieri, vagava tra gli ospiti dell'albergo che erano usciti a fumare, stretti nei loro cappotti indossati sopra i pigiami. Procedeva a zig zag, come un calabrone stordito dal freddo, concentratissima a risolvere il rebus. “Essegi… essegi…”

La zia Titti si sbracciò, oltre le vetrate, cercando di attirare l’attenzione della nipote. Senza successo. Quando Romina era impegnata nell’attività del rimuginare, poche cose al mondo erano capaci di distoglierla.

Sven era sulle spine. Sarebbe stato poco educato liquidare la signora con un rapido saluto e dileguarsi, ma purtroppo il countdown era cominciato. Aveva preso una decisione. Gli conveniva non indugiare in convenevoli e schizzare via verso l’ingresso posteriore.

«Madame, sarà per un’altra volta» disse. E con un inchino, accompagnato da un altrettanto teatrale baciamano, si congedò.

Romina si rese conto delle occhiatacce e dello sventolare di mani della zia e fu tentata di dirigersi polemicamente nella direzione opposta, verso le cucine. Invece si lasciò catturare. «Benedetta ragazza, dov’eri finita?»

«A prendere aria».

Il fumo delle candele le faceva ancora pizzicare il naso.

«Volevo presentarti una persona». La mecenate non aveva perso le speranze di risollevare le sorti di quella nipote così priva di ambizioni. «Una di quelle che potrebbero finalmente rendere meno insignificante la tua vita».

«Io non ho più una vita» biascicò Romina. «Perché tu la stai distruggendo».

«Al contrario! Un giorno mi sarai grata. In ogni caso, lo vedrai domani».

«Io domani me ne torno a casa».

«Tu fai quello che dico io. E io dico che domani vieni alla mostra di Sven Gunnarsson».

«E chi sarebbe?»

«L’artista!»

«Cosa vuoi che me ne freghi di questo S…»

Si interruppe.

«Ripeti il nome».

«Gunnarsson. Sven Gunnarsson. Domani a Rivoli apre la sua nuova mostra. È su tutti i giornali» comunicò la zia Titti, come a sottolineare quanto quella libraia di provincia che si ritrovava per nipote fosse dal suo punto di vista imperdonabilmente sprovveduta e tagliata fuori dal mondo.

Sven imboccò di corsa il corridoio. Aveva riflettuto qualche istante e poi preso la sua decisione. Quale prospettiva gli poteva offrire una anonima junior suite al confronto di una avventura metropolitana, nella notte, con quella favolosa ragazza dagli occhi blu cobalto? Spinse la porta di sicurezza e si ritrovò in un vicolo a pochi metri dalle Porte Palatine.

Carol diede una sgasata al motore. «Sali».

Lui prese posto sul sedile posteriore della Vespa e indossò il casco che lei teneva di scorta. La strinse in un abbraccio, fino a percepire le sue costole, sotto le dita. Infilò le mani nelle tasche della pelliccia sintetica. Il campanile del Duomo batté mezzanotte e mezza.

Mimì si fece trovare davanti al portone con il trasportino appoggiato per terra, accanto ai suoi piedi. Carol inchiodò e scese dalla Vespa. Si avvicinò ad Aoi e rimase impressionata. Il gatto era accovacciato, immobile sulle quattro zampe piegate. Una sfinge. «È così da ore».

Il torace vibrava appena. Gli occhi erano sbarrati, le pupille dilatate. Un'espressione di assoluto terrore. Era necessario reperire immediatamente una guardia veterinaria notturna. Sven porse a Carol un biglietto da visita: «Ce l'avevi in tasca».

Lei lesse: "Ospedale Argo, Trofarello". Scosse la testa: «Troppo lontano».

«È dove lavora l'uomo triste con il cane» le ricordò Mimì.

«Ci sono decine di veterinari che fanno il turno di notte qui in città» disse lei e cominciò la ricerca sullo smartphone.

«Quel tizio mi ispirava fiducia. E poi è un ospedale. Saranno attrezzati. L'amico qui non se la passa molto bene» insistette Mimì, indicando il gatto.

Carol guardò Aoi e si soffermò a riflettere. Quel biglietto da visita nella tasca aveva tutta l'aria di un segnale. E lei era maestra nel leggere i segnali. Calcolò la distanza. A quell'ora non avrebbe trovato traffico. Da San Salvario a Trofarello avrebbe potuto farcela in venticinque minuti.

«Patisci il freddo?» domandò a Sven.

Sven era cresciuto in un'isola sul Baltico. Non era il freddo a spaventarlo. Fu tentato di cogliere l'occasione per tirarsi indietro. Poi pensò che qualcosa di stimolante potesse venir fuori da un viaggio notturno nella *banlieue*. Immaginò ex quartieri operai ridotti a dormitori in disarmo, con cassonetti traboccanti di immondizia, graffiti sui muri diroccati e gang di giovanissimi armati di pistola. Sì, un tuffo nella vita vera, magari con un pizzico di violenza, gli avrebbe certamente procurato una piacevole scossa di adrenalina.

«Non c'è bisogno che tu venga. È meglio se torni in albergo a dormire, domani hai il *vernissage*» gli ricordò Carol.

Lui esitò per qualche secondo. Ma già pregustava l'esperienza. «Non c'è niente di più inutile del dormire» replicò. «Dammi qua». Prese la gabbietta con dentro il gatto e salì sulla moto. Lei riaccese il motore.

«Io invece me ne vado a letto» disse Mimì e rientrò nel portone.

24

Lo studio di Sebastiano Gallo era buio, solo una piccola lampada da tavolo rischiarava la scrivania disegnando sul piano di legno un perfetto cerchio giallo. Aveva finito il turno da più di un'ora ma era rimasto a vegliare. Prese in mano la cornice e se la rigirò tra le mani. Nella foto un Alaskan Malamute dall'aspetto regale, accucciato in mezzo alla neve di un campo da sci, pareva sorridere, con la lingua penzoloni. «Mi mancherai, vecchio mio» disse il veterinario. Aveva trascorso più di un'ora a fare zapping nell'archivio del computer tra le fotografie e i video raccolti nei dodici anni di vita insieme: il diario di una lunga storia d'amore. Viaggi, trekking, corse in montagna. Sebastiano era un'appassionato di ultratrail in quota e spesso aveva gareggiato con quel possente compagno di squadra, partner coraggioso e instancabile. La forza e la tempra di Marshall gli avevano insegnato a riporre la giusta fiducia nelle proprie risorse. Quel cane lo aveva portato al grado più alto di se stesso, lo aveva fatto sentire un uomo grande, integro, capace.

Sullo schermo era ancora aperta l'ultima immagine della fotogallery. Che giornata memorabile era stata. Il *Tor des Géants*, il trail più duro al mondo, una maratona lungo i sentieri in quota del Gran Paradiso, una gara da rompere le ossa e il fiato anche a Hulk. Non solo a tre quarti del percorso era stato sopraffatto dal pensiero di non farcela, ma nel punto più critico della gara aveva addirittura provato la tentazione, il desiderio di mollare tutto e ritirarsi. I polmoni bruciavano, le gambe erano di legno, la testa galleggiava altrove, nell'aria rarefatta, incapace di organizzare pensieri. In quel momento l'Alaskan Malamute aveva dimostrato cosa significa appartenere a una nobile stirpe canina. Con poche potenti falcate aveva raggiunto il picco di roccia al culmine della salita ed era rimasto lì, con il petto gonfio, la testa maestosa, lo sguardo fiero puntato al bordo estremo dell'orizzonte. Era lui il leader, il caposquadra.

Aveva rivolto un'occhiata compassionevole al suo gregario bipede, stremato, impegnato a spremere le ultime energie dai quadricipiti, come a dirgli: "Lo vedi? Io sono un dio e tu sei un povero stronzo". E quello, sotto l'effetto di una simile forza della natura, aveva trovato le risorse per completare il percorso e arrivare in vetta, prima di tuffarsi al seguito del cane da slitta, nella lunghissima discesa che avrebbe portato entrambi al traguardo. Sebastiano sospirò profondamente. Chiuse la pagina, spense il computer, si fece animo e si alzò. Lasciò accesa la luce sulla scrivania. Sul tavolo aveva predisposto la bottiglia e il bicchiere. Ne avrebbe avuto bisogno, più tardi. Pochi minuti prima aveva mandato giù una abbondante sorsata, che sentiva ancora bruciare nello stomaco. Sotto l'effetto dell'alcol, s'incamminò lungo il corridoio fino alla stanza nella quale il grande e nobile Marshall, il re delle nevi, consumava la sua agonia.

Era precipitato tutto in pochissimo tempo. Il tumore al pancreas per i cani non è meno fulminante che per gli uomini. Ad avvertirlo con una telefonata era stata Ambra, sua partner professionale e per un certo periodo, tempo prima, anche sentimentale. Avevano condiviso per un anno e mezzo l'appartamento e l'amore per quello splendido animale, al quale la dottoressa era rimasta legata. L'Alaskan era diventato la mascotte dell'ospedale. Quel giorno tremendo, che Sebastiano non avrebbe mai più dimenticato, si era allontanato un paio d'ore per andare a fare la sua spesa settimanale di uomo single e l'aveva lasciato, come tante altre volte, alla collega. Era stata lei a soccorrerlo e a sostenere il peso della più infausta delle diagnosi quando il cane aveva cominciato a vomitare bile, in preda alle convulsioni.

Le primissime immagini dell'ecografia erano bastate a mettere a fuoco la gravità del problema. Aveva subito chiamato Sebastiano: «Corri». Era corso. Sulle prime aveva scherzato: «Mannaggia a te, vecchio mio. Ci stavo provando con una bella ragazza bruna. Cos'è, sei geloso?» Ma l'allegria era svanita all'istante davanti al muso desolato del cane e alle parole della collega. Metastasi dappertutto. Un cancro vorace e fulmineo si era divorato da dentro, pezzo per pezzo, organo per organo, il nobile Marshall. Un alieno cattivo, una bestiaccia, alla cui ferocia neppure un portentoso organismo come quello di Braveheart a quattro zampe aveva potuto resistere. Più di chiunque altro ne era consapevole il dottor Gallo. Quanto restava? Una settimana? Due?

Marshall riconobbe i passi del suo padrone che entrava nella stanza ma non ebbe la forza di alzare il muso per salutarlo. Il tempo delle feste era finito, come quello delle passeggiate sugli alpeggi, delle corse nella neve, dei giochi, dei viaggi, delle serate sul divano a guardare la tv abbracciati. Il tempo di Marshall era finito. E solo l'alcol che aveva in corpo permetteva a Sebastiano di continuare a camminare verso il box e non accasciarsi a terra e abbandonarsi alla disperazione.

Entrò Ambra. «Come sta?»

«Non riesce neanche a muoversi».

«Ho aumentato la dose della morfina».

«Hai fatto bene».

«È forte, può andare avanti ancora una settimana».

«È questo che vuole, secondo te?»

«Non credo».

«Allora lo facciamo adesso».

«Puzzi di vodka».

«Come un vecchio ubriacone. Lo so».

«Dov'è la bottiglia?»

«Sul mio tavolo».

«Vado a prenderla». E uscì dalla stanza.

Sebastiano rimase solo, nel buio e nel silenzio della notte. Si avvicinò al box e aprì la porta metallica della gabbia. Marshall aveva perso peso e consistenza. La pelliccia, un tempo folta e lucente, era spenta e spelacchiata come una vecchia stola dimenticata in un armadio. Prese in braccio quel che restava del suo cane. Il fantasma di un eroe. Strinse al petto il torace possente ridotto a una lisca di pesce. Depose il cane sul lettino d'acciaio, massaggiandogli con delicatezza la schiena. Poi fece il giro e gli si mise di fronte, per fare in modo che potessero guardarsi negli occhi.

Ambra entrò in punta di piedi. Depositò sulla scrivania sotto la finestra la bottiglia di vodka e due bicchieri.

«Ho detto all'ingresso che non vogliamo essere disturbati».

«Ti siamo grati».

Lei guardò l'espressione rassegnata di Marshall e cominciò a piangere silenziosamente.

«Non mi crollare ora, ho bisogno di te».

La veterinaria cercò di ricomporsi: «Ci provo».

«È l'ultimo. Dopo questo cambio mestiere».

«Lo dici tutte le volte».

«Stavolta è diverso».

«Vuoi che lo faccia io?»

«Si fida di me» disse Sebastiano strizzando nella mano la collana di pelo sotto la gola di Marshall. «E poi non sono vigliacco fino a questo punto».

«Guarda che non mi devi dimostrare niente».

«Forse a te no, ma a lui sì».

Prese l'occorrente. Ambra si avvicinò al lettino e appoggiò il camice alla schiena del cane, accarezzandola piano. Fuori il nevischio si era trasformato in una leggera nevicata. Sebastiano accostò il viso al muso del suo amico. Il respiro era corto e debole. Gli occhi erano spenti ma in fondo a quel pozzo brillava ancora una piccola luce. Gli indicò la finestra. «La vedi, vecchio mio? È arrivata per te». Gli occhi del cane erano due fessure. «Guarda la neve, Marshall, e immagina di essere là fuori...» Ambra continuava ad accarezzarlo sulla schiena. Sebastiano iniettò la dose e poi gli prese il muso tra le mani. «La senti la neve sotto le zampe? Senti com'è dura e fresca? Corri sulla neve, Marshall, corri, più veloce. Vai così, non fermarti. Bravissimo, stai volando. Vola, amico mio, vola...»

Poco dopo sentì il torace fermarsi sotto le sue dita. Baciò il naso, era freddo e asciutto. Si stese sopra di lui per qualche istante. «Avevi ragione, vecchio mio. Sono un povero stronzo che non è nemmeno riuscito a salvarti». Dallo stomaco e poi dalla gola salì in superficie una serie di singhiozzi cavernosi che gli squassarono il petto e fecero vibrare il suo corpo dalla testa fino alle caviglie.

Ambra arrivò con due bicchieri, pieni fino all'orlo. Sebastiano gliene strappò uno dalle mani. Bevve il contenuto in un'unica rabbiosa sorsata e scaraventò il bicchiere a terra. L'oggetto urtò il tappeto di gomma e non si ruppe.

«Siamo un grumo di cellule in balia del caos. È una merda senza senso». Si tolse di dosso il camice, lo appallottolò e lo gettò nella pattumiera a pedale. Uscì di corsa, piangendo come un bambino, mentre la porta rimbalzava due volte sulla parete del corridoio.

Ambra raccolse il camice dal cestino, lisciò le pieghe e lo appese dietro la sedia della scrivania.

25

Stella scostò la tendina di nylon ricamata a macchina che copriva la piccola finestra affacciata sulla provinciale. Era quasi l'una, il traffico si era fatto più raro e aveva smesso di infastidirla. Ma non riusciva a dormire comunque. L'incontro di quella sera le aveva riempito la testa di pensieri e di domande. Tanto che verso mezzanotte era scesa nel laboratorio a fare rifornimento, nella speranza che i dolci funzionassero anche come sonnifero, e aveva portato su, nella sua stanzetta rifugio, un vassoio di pasticcini. Si sedette sul divano. Tirò fuori un bignè ripieno di crema chantilly e lo mangiò in due morsi, leccò la panna dalla punta delle dita. Poi passò a un funghetto al cioccolato, due diplomatici, due cannoli allo zabaione, tre crostatine ai frutti di bosco. Tornò alla finestra. L'orizzonte oltre la strada, dove si perdeva la campagna, era candido. Un paesaggio bellissimo e immobile. L'asfalto era rigato dalle tracce lasciate sulla neve dai pochi automezzi in circolazione a quell'ora. Gente di notte. Ragazzi che rientravano a casa dopo la partitella serale e una bevuta con gli amici, infermiere a fine turno, ristoratori che avevano appena chiuso il locale. Ripensò alla pizzeria e alle parole di Jorge. La sola buona notizia era che Robert avesse preso un cane. "Chissà come se la caverà a casa, in mezzo a tutti quei gatti".

Filava i pensieri masticando lentamente, quando qualcosa di particolare entrò nel suo campo visivo. Sulla statale transitò una moto. La finestra era leggermente appannata e non riuscì subito a mettere a fuoco l'immagine. Passò la mano sul vetro e vide una Vespa rossa che procedeva sul nevischio con prudenza e a bassissima velocità, come un rompighiaccio attraverso la banchisa. Delle persone a bordo, nascoste sotto il telo coprigambe e i piumini si distinguevano solo i caschi. Il passeggero, sul sedile posteriore, teneva il busto ripiegato su qualcosa che, anche a distanza e con quella scarsa visibilità, apparve a Stella come una gabbia per il trasporto di piccoli animali domestici. La Vespa rallentò fino a fermarsi dall'altro lato della strada.

Carol parcheggiò davanti all'ospedale Argo. Sul casco si era depositato uno strato sottile di neve. Di fronte all'ingresso vide un uomo molto alto e imponente, con la testa coperta dal cappuccio di un parka scuro, in preda a quello che tra tremiti, singhiozzi e convulsioni, aveva tutta l'aria di un delirio psichiatrico. L'uomo si dimenava, agitato. Nella notte risuonava l'eco del suo grido. Carol e Sven si scambiarono un'occhiata. Lei era spaventata, lui incuriosito; la commedia umana dell'Europa del sud non smetteva di affascinarlo. Era chiaro che per qualche strano destino, dopo tutti quei chilometri e quel freddo, ad accoglierli avevano trovato un pazzo. Forse un drogato. Se era dell'avventura e dell'odore del sangue che l'artista era andato in cerca, molto probabilmente sarebbe stato accontentato. Si avvicinarono con cautela. L'individuo era grande e grosso e stazionava proprio di fronte al portone di vetro dell'edificio. Era impossibile aggirarlo. La ragazza considerò che in caso di necessità si sarebbe potuta affidare al Taekwondo. Prima di ricorrere all'autodifesa, tuttavia, provò con il dialogo. Cercò di attirare all'attenzione dell'uomo con un leggero colpo di tosse. «Ehm, ehm».

Lui si voltò. «Buonasera» disse «Non è un bel un momento».

Carol lesse sul suo viso un'espressione disperata ma mite e si rilassò. L'aspetto le era vagamente familiare. Non era un tossico né un maniaco.

«Si sente bene?» Ma era evidente che non si sentiva bene affatto. «Ha bisogno di qualcosa?» si corresse.

Lui rimase con le mani appoggiate sulle ginocchia e lo sguardo a terra. «Mi è appena morto il cane. Ho bisogno di essere lasciato in pace».

«Certo mi scusi, è solo che...»

Aoi era catatonico, faceva molto freddo, la prospettiva del tragitto di ritorno in Vespa era agghiacciante.

Sven perse la pazienza. «*Oh my God!*» sbottò. Incominciava a pentirsi di essersi lasciato coinvolgere. Osservò il paesaggio attorno a sé: una landa desolata. Altro che guerriglia urbana e scenari undeground. Se avesse voluto scorrazzare di notte per deserti di ghiaccio sarebbe potuto rimanere al suo paese. La serata, dal suo punto di vista, era giunta a un binario morto. Il resto della notte si annunciava del tutto privo di prospettive. Dall'edificio proveniva una piccola luce. Il gabbiotto della reception era acceso. Grazie al cielo, qualche segno di vita. Provò a dare una scrollata alla compagnia: «Beh. Vogliamo entrare?»

Sebastiano a quel punto emise un singhiozzo. Poi dalla sua bocca uscì un grido che squarciò il silenzio. «Non è giustoooooooo...»

Carol tacque. Quel dolore meritava rispetto.

L'irritazione di Sven, invece, toccò lo zenit. Perché erano tutti così melodrammatici in quel dannato paese? Non si trattenne. «Non c'è niente di più inutile che disperarsi per qualcosa che è andato per sempre».

Le parole risuonarono nella notte e il loro eco si perse lungo la statale. *Is gone... gone... gone...*

«Dopotutto» aggiunse «era solo un cane».

La frase su Sebastiano non sortì un bell'effetto. «E tu che cazzo vuoi?» ruggì. Si alzò e fece qualche passo in direzione dell'artista.

Non fu difficile per Carol intuire quel che stava per succedere. Una rissa in strada, sotto la neve, per funestare definitivamente quella che, in un tempo che ora le appariva lontanissimo, era cominciata come una bella serata. Si preparò, come estrema ratio, a far ricorso alle mani. Era venuta fin lì per salvare il gatto e ora si trovava in pericolo lei stessa.

«Cerchiamo di stare calmi» disse.

Ma lo sconosciuto era gonfio di rabbia e non vedeva l'ora di scaricarla su qualcuno. Carol tirò su da terra il trasportino con dentro Aoi e lo mise sotto il naso dell'uomo con il parka, arrestando la sua bellicosa avanzata verso Sven. «Senta, qui dentro abbiamo un'emergenza. Lei è un veterinario, no?» Aveva visto spuntare la coda di capelli dal cappuccio. Non poteva che essere lui.

«Lo ero fino a dieci minuti fa».

«Che significa?»

«Che basta, ho smesso, non ne voglio più sapere di vederli soffrire».

Ricominciò a singhiozzare.

«La capisco, ma non potrebbe rinviare le dimissioni di un paio d'ore? Questo è il mio gatto e credo che stia morendo».

Una luce rischiarò gli occhi verde scuro del dottore, come il fascio luminoso di un faro che accende per pochi istanti la costa. Guardò la ragazza bionda e quel che teneva in mano. Osservò la sua moto, il naso rosso per il freddo dal quale colava una goccia di muco. Avvertì la forza della sua determinazione.

«Visto che è venuta fino qua...» Si chinò sulla gabbia. Un'occhiata al gatto gli fu sufficiente. Il respiro di Aoi era ridotto a un rantolo. «Da quanto tempo sta così?»

«Due giorni. Ieri già respirava a fatica».

«Piotorace, probabilmente. È una gravissima infezione polmonare» fu la diagnosi. «Andiamo» esclamò «Non c'è un minuto da perdere». Prese il trasportino dalle mani di Carol ed entrò nell'ospedale. Lei lo seguì a passo svelto.

Sven rimase sulla porta. Per quella sera di lacrime e tragedie ne aveva avuto abbastanza. Avrebbe dovuto smetterla di correre dietro alle ragazze italiane. Deliziose, certo, praticamente irresistibili, ma talmente emotive che si rischiava ogni minuto di finire invischiati in qualche assurda messinscena. Per quel che gli importava, poi, quel gatto potevano anche cucinarselo arrosto. «Io chiamo l'autista e me ne torno in albergo» comunicò, scocciato. Ma gli altri due erano già corsi dentro e la sua voce si perse nel silenzio della notte.

26

Clotilde aprì il coperchio rigido della pochette e tuffò il viso all'interno, per verificare di avere con sé l'ansiolitico. Controllava ogni cinque minuti. Un riflesso condizionato, compulsivo. Non era la sera giusta per le cure naturali, così aveva deciso di lasciare a casa le gocce dei Fiori di Bach e fare affidamento sulla vecchia, cara, buona chimica. Tirò la cerniera della tasca laterale della borsetta e sorrise guardando, all'interno, il blister pieno di rassicuranti piccole compresse bianche. Quelle erano le uniche amiche sulle quali potesse sempre contare. Avvertì una presenza alle spalle ed ebbe un fremito di preoccupazione. Quel Gunnarsson era diventato un tormento, se lo sognava di notte: con lo sguardo di furore e gli occhi iniettati di sangue, la faceva a pezzi con la motosega e poi chiudeva i resti in sacchetti di plastica e li sistemava uno sopra l'altro dentro uno di quei dannati frigoriferi. Quanto odiava quell'uomo, quella mostra, quel museo, quel mestiere e tutta l'arte contemporanea: una grande, immensa, colossale, incommensurabile presa per il culo.

Alberto era fermo in mezzo al salone, con l'aria terrorizzata e spersa di un naufrago appena volato giù dalla nave, aggrappato al bicchiere di vino come a un giubbotto salvagente. Rimase alcuni minuti ad osservare Clotilde, da vicino, alle sue spalle. Aveva riconosciuto il suo profumo prima ancora di rendersi conto che quella nuca appartenesse a sua moglie. Ex moglie, va bene. Non l'aveva più rivista, negli ultimi due anni. Notò i dettagli: le spalle incurvate, i muscoli della schiena contratti, le mani che tremavano, le braccia ridotte a due fasci di nervi. Quanto aveva amato la sua aria tormentata, le inquietudini che la rendevano sempre mobile, sulle spine, alla ricerca di una pace che non arrivava mai. Ma la ricordava meno tesa, meno elettrica. Ebbe pena per lei e si sentì un po' meno a disagio. Prese coraggio e si avvicinò. Le porse un calice di vino rosso. «Non è meglio questo delle pastiglie?» sussurrò, mentre le luci della sala facevano uscire dal vetro riflessi color rubino.

«Decisamente» rispose Clotilde. E dopo un rapido brindisi, senza nemmeno capire bene da dove fosse spuntato, si scolò metà bicchiere.

Poi mise a fuoco l'identità del cavaliere. Davanti a lei, in mezzo ai presenzialisti dalle mise eccentriche che riempivano i saloni accalcandosi cafoni davanti al buffet, si trovava inspiegabilmente il suo ex marito. Un alieno in giacca blu e cravatta regimental. «Alberto! Che ci fai qui?»

«Carol mi ha ceduto il suo invito. Ha un problema col gatto».

«Che genere di problema?»

«È quasi morto».

«Per forza. È diventata molto intima dell'artista. Lo vedi? Quello là biondo, laggiù, con la faccia da assassino. Gliel'avrà fatto fuori lui».

Lo humour disperato di Clotilde strappò ad Alberto una risata. Dalla notte dei tempi non rideva assieme a sua moglie. Ex moglie, va bene. Non era il momento di mettersi a sottilizzare. Lei, complice il vino rosso, un potente Barbaresco che come aperitivo, abbinato all'ansiolitico, faceva l'effetto di un giro della morte sull'ottovolante, sentì i muscoli sciogliersi a poco a poco, cellula dopo cellula.

«Mi farà male, con lo Xanax?»

«Quanti ne hai presi?»

«Tre».

«Da stamattina?»

«No, nelle ultime due ore».

Lui le tolse di mano il bicchiere.

«Dai, sto scherzando» disse lei. E se lo riprese.

Ma era vero. Era imbottita di pasticche come una tossica e la realtà, compreso Gunnarsson, da qualche minuto le appariva meno ostile. Ma forse non erano né il vino né le medicine a farla sentire improvvisamente a suo agio. Che fosse stato l'arrivo di Alberto? Che uomo provvidenziale. Sempre gentile e servizievole. Anche nei momenti più burrascosi del loro matrimonio aveva mantenuto lo stesso mite aplomb, l'attitudine ferma e pacata del comandante della nave che nella tempesta rimane concentrato e silenzioso con le mani al timone e gli occhi fissi sulla rotta. Lo osservò. Era un uomo anche bello, a modo suo. Così alto e distinto, i colori chiari, l'attitudine vagamente british di sorridere appena e abbassare lo sguardo. Perché lo aveva lasciato? Erano passati così tanti anni. Non se lo ricordava più.

«Sei molto elegante» gli disse.

«Grazie».

«Ma sembri il presidente della camera di commercio».

«Dici?»

«Vestito così, qui dentro fai più scandalo di Tino Sehgal».

«Chi?»

«Lascia perdere. Ti piace, almeno, la mostra?»

Alberto si guardò attorno, perplesso. Esaminò la sequenza di frigoriferi. «Mah. Lo potevo fare anch'io».

«Esatto. Però l'ha fatto lui».

«E quindi?»

«Quindi niente. Lui è la star e fa i soldi e tu aggiusti ossa rotte e sei qui a tenermi in piedi. Questo è il senso dell'arte contemporanea».

Risero di nuovo, insieme. Non era stata poi una idea così cattiva quella di Carol, pensò Alberto, che lo aveva chiamato quella mattina e lo aveva spinto, anzi costretto, nonostante tutte le sue rimostranze, a utilizzare l'invito e andare alla *vernice* al suo posto. Gli eventi mondani, per i quali Clotilde negli anni del loro matrimonio pareva andare pazza, lo avevano sempre fatto sentire goffo e spaesato. Ma la serata aveva preso una piega inaspettata e ciò compensava abbondantemente il suo disagio.

Lei lo prese per mano. Lui arrossì e sotto gli occhi divertiti e leggermente appannati di lei si giustificò: «Dev'essere il vino».

La voce di Clotilde adesso era squillante: «A chi lo dici... Sono completamente sbronza! Vieni. Ti presento un po' di gente. Rompiamo gli schemi. Non è per questo che siamo qui, dopotutto?»

Capannelli di persone si accalcavano sotto i frigoriferi, cercando di capire, tra un canapè e uno spumante millesimato, il senso dell'opera. Solo i più coraggiosi azzardavano ipotesi a voce alta, specie in presenza dell'autore. Per Gunnarsson quelle situazioni erano un vero spasso. Il servilismo intellettuale e la rozzezza di cui davano prova a ogni occasione i sedicenti esperti d'arte contemporanea, specie i critici più accreditati, erano uno spettacolo che non smetteva mai di divertirlo. Con appena quattro ore di sonno alle spalle – il ritorno in hotel, la notte precedente, era stato un'odissea – interpretava il suo ruolo di star con il minimo impegno e il massimo risultato: aria algida e pensosa, un po' sfuggente, distratto da qualcosa, sempre sul punto di andarsene, come dovesse accorrere a risolvere questioni più alte, a decidere dei destini dell'umanità. Questa era la giusta attitudine che aveva messo a punto nel corso degli anni, con la incondizionata approvazione della sua *press agent*. La sua carriera era ormai talmente consolidata, e le sue quotazioni talmente spropositatamente alte, che poteva permettersi di prendere in giro il mondo mettendo una mezza dozzina di vecchie carcasse di refrigeratore sopra delle pedane da cantiere.

Osservò quella corte, pensò al suo estratto conto e negli occhi grigioazzurri comparve un bagliore di compiacimento. Ma il pubblico adorante l'interpretò come una cordialità.

27

Sentiva ancora addosso la tensione, la fatica e il freddo. Il viaggio di ritorno era stato lungo e mesto. Era rientrata all'alba, quella mattina, dopo la nottata al capezzale di Aoi che sedato, rasato, imbottito di antibiotici e con tubi di drenaggio nel costato, ce la stava mettendo tutta per restare al mondo. Il veterinario era stato chiaro: «Non garantisco nulla. Se l'infezione è dovuta a un corpo estraneo non c'è niente da fare. Le prossime quarantott'ore saranno critiche. Se le supera potrebbe farcela». Carol aveva trascorso la giornata a controllare il telefono, in attesa di notizie. Nel pomeriggio era persino tornata all'ospedale di Trofarello, per verificare di persona, ma era stata una spedizione inutile. Aveva potuto intravvedere appena il gatto, rintanato in un angolo del box. E dal punto di vista clinico non c'erano sviluppi rassicuranti. Era veramente sfinita. Si preparò un bagno caldo. Si immerse nell'acqua aromatizzata cercando di fare il vuoto nella mente. Esisteva la possibilità che Aoi non tornasse più. Per lei sarebbe stato un dolore, si rese conto in quel momento. Un dolore grande.

Uscì in accappatoio dal bagno, con l'asciugamano avvolto in testa. Andò in cucina a preparare una tisana e trovò un silenzio del tutto nuovo. La casa le parve vuota. L'atmosfera era cambiata. Mancava dell'energia. Carol non aveva mai sofferto di solitudine. Aveva sempre, al contrario, difeso il suo spazio e impedito a chiunque, a parte il grasso felino al cui capezzale aveva trascorso la notte, di occuparlo stabilmente. Per la prima volta rimpianse di non avere un compagno al suo fianco. E questo fugace pensiero fu sufficiente per far vacillare alcuni suoi punti fermi. L'avventura al Museo di Rivoli era finita. Almeno, fino alla mostra successiva. Nuovi impegni già l'attendevano. C'era da allestire il set per una regista che girava un film tra le discariche nella periferia nord di Torino, lungo il torrente Stura. Lo scenografo le aveva chiesto il necessario per allestire un campo nomadi. Si sarebbe messa subito alla ricerca di materiale. Da qualche tempo aveva incominciato a provare una leggera nostalgia ogni volta che un progetto o un'esperienza volgevano al termine. In quella sua esistenza di equilibrista tuttofare si aprivano porte che, terminato il lavoro, subito si richiudevano. Lei saltellava da un mondo all'altro, dentro e fuori come in una perenne porta girevole, senza appartenere veramente a nessuno. Aveva sempre interpretato questo esserci oggi e non esserci più domani come libertà, adesso la possibilità di perdere un affetto, pur minimo come il suo gatto, aveva rimescolato le carte. E la faceva sentire un po' sradicata e precaria.

Il ricordo di Sven le attraversò la mente. Era dispiaciuta per averlo abbandonato, la notte precedente, nella tundra dell'hinterland. Gli aveva inviato un paio di messaggi che erano rimasti senza risposta. Era certa che fosse in qualche modo riuscito a rientrare in albergo. Aveva l'autista del Museo a sua disposizione giorno e notte, del resto. Qualcosa, in quell'uomo bellissimo, dal primo minuto l'aveva messa in allarme. Un tratto deciso di cinismo. A giudicare dall'indifferenza così glaciale dimostrata nei confronti del dolore del veterinario e in generale della sofferenza degli animali, non si era sbagliata. Ma la cena era stata piacevolissima e il sesso addirittura fantastico. Si pentì di aver rinunciato al *vernissage* e ceduto il suo invito ad Alberto. Le dispiacque di non essere al Museo di Rivoli, in quel momento, con un bel vestito addosso, e di ritrovarsi completamente sola, nel suo appartamento, a guardare la Mole in lontananza con una tazza di tisana in mano.

"Sto invecchiando" pensò.

28

Per Romina il mondo era diventato una foresta di cactus dalla quale, era convinta, non avrebbe potuto trarre altro piacere che un'infinita sequenza di punture di spine. Dalla serata, come dal resto della sua vita, non si aspettava ormai niente più che delusioni. Aveva provato a rinunciare. Ma la zia Titti era stata irremovibile: «Ti porterò a questa festa a qualunque costo, quindi rassegnati». E lei, anche per la scelta dell'abito, si era rassegnata. Si era fatta trascinare per negozi, boutique e show-room, dentro camerini illuminati come sale operatorie, davanti a specchi che aveva avuto il sospetto fossero stati progettati apposta per farla apparire brutta, sporca e spettinata.

La *grande dame* era abituata a frequentare i salotti delle capitali del mondo, da New York a Pechino, da Sydney a Mumbai, e a sedersi a tavola tra ambasciatori, magnati, capi di stato e teste coronate. Sapeva perfettamente dove recarsi e come scegliere un vestito adatto all'occasione. Aveva adoperato la carta di credito "oro" come una bacchetta magica. Romina avrebbe dovuto ringraziare la sua *grandeur*, visto che in quel momento solcava i saloni juvarriani del Castello di Rivoli, scintillante come Cenerentola. E invece era annoiata e scontenta. L'abito scollatissimo, a scaglie d'argento, che alla fine aveva accettato di indossare, diffondeva attorno alla sua formosa figura riflessi luminosi, mentre nei suoi occhi nocciola non brillava altro che il malumore. Non vedeva l'ora che tutto fosse finito per potersene tornare in albergo. E poi, prima possibile, a casa.

Erano da poco passate le ventuno e il party si espandeva con una certa euforia nella fase in cui il ghiaccio è sciolto e l'alcol scorre nelle vene dei presenti come una tiepida corrente di provvisoria felicità. Romina attraversò la Manica Lunga, del tutto indifferente agli sguardi ammirati. Appena varcato l'ingresso, la zia Titti l'aveva abbandonata, rapita dal direttore del Museo con il quale in gioventù aveva avuto una appassionata relazione. Si guardò attorno. Era sparita. "Finalmente libera" pensò. Si mise a vagare da sola. Si mischiò alla folla. Si diresse verso uno dei banconi dove si versavano drink agli invitati senza un attimo di sosta. File e file di bottiglie piene annunciavano che la serata sarebbe stata ancora lunga. Si fece servire del vino rosso, un Barbaresco dai riflessi bordeaux scuro. E con il bicchiere in mano si diresse verso il centro della stanza, fendendo la folla, cercando di intercettare il passaggio dei camerieri con i vassoi dei cibo.

Notò l'artista in fondo al salone, circondato da una corte adorante. Comprese, pur senza averlo mai visto prima, che si trattava dell'autore della mostra. Tutti, anche gli ospiti più smaliziati, erano attratti nella sua orbita di fascino. Tutti mostravano la cieca devozione di una tribù indigena al cospetto della divinità. La sera prima, troppo sbronza e disperata per ragionare, nel gioco delle iniziali diventato per lei un passatempo tragicomico, aveva preso in considerazione il suo nome: Sven Gunnarsson. La zia Titti le era sembrata ossessionata dall'idea di presentarglielo. «Un ragazzo fuori del comune» lo aveva definito con insistenza. Non avrebbe avuto pace, era chiaro, finché non avesse fatto da Cupido. La curiosità di conoscerlo prevalse, in Romina, sul pessimismo. In quel momento, tuttavia, la benefattrice non era nei paraggi. Avrebbe dovuto cavarsela da sola.

Tentò di avvicinarsi all'artista ma la ressa degli invitati formava una muraglia che le risultò impenetrabile. Dovette deviare verso i corridoi laterali nei quali scorreva un flusso regolare di persone a caccia di un posto libero nei rari divanetti, o in cerca della toilette. La testa bionda di Sven da lì le appariva lontana. In compenso, di fronte alla vetrata affacciata sulla terrazza nella quale molti ospiti si erano rifugiati a fumare, vide spuntare due facce familiari. La donna aveva l'aspetto di una principessa pellerossa, mentre l'uomo pareva svogliato e depresso. Lui se la trascinava dietro, lei si faceva portare come un cane al guinzaglio. Romina non riuscì a evitarli. Matteo fu attratto dalla luce che si propagava dal vestito. Partì dai piedini nei sandali, dalle sottilissime caviglie e piano piano risalì lungo l'abito, fino ai capelli raccolti. Riassunse il tutto in una lunga occhiata piena di apprezzamento. «Caspita. Sei bellissima!»

Lei gli concesse un accenno di sorriso. Poi esaminò a fondo la sua accompagnatrice. Era la bella e filiforme cameriera del bar. «Bene bene. Vedo che le operazioni di ricerca sono terminate». Avrebbe voluto essere meno sarcastica, ma non era ancora pronta a far pace con lo stato delle cose.

Il poeta si passò una mano tra i capelli, imbarazzato, arruffandoli ancora di più. «Ti presento Nahoom» disse «un'amica».

La risata di Romina venne fuori gutturale: «Ah-ah-ah». Davvero era stata capace di fidarsi di quell'uomo?

Matteo la prese da parte. Dovette alzare la voce per farsi sentire nel frastuono di chiacchiere che riempiva i saloni. «Non sto con lei, giuro. E comunque non ho affatto smesso di cercarla. Tu hai notizie?»

«Se ti riferisci a Stella, zero».

Un transito di ospiti all'inseguimento del cameriere con il secondo giro di primi piatti li separò per qualche istante. Nahoom, lasciata sola, si guardò attorno. Era alta, la testa sovrastava quella di molti. Le sue gambe magrissime erano attorcigliate su loro stesse, sotto la minigonna nera. Parevano rami rampicanti. Si teneva a distanza da Romina. Non aveva dimenticato la freddezza con la quale aveva mandato Matteo al tappeto con un cazzotto sul naso, nel bel mezzo del bar. Lui fece qualche passo nella sua direzione, con l'intenzione di prenderla per mano e portarla via. Romina gli tenne dietro. Lo avrebbe tormentato per tutto il tempo necessario.

«Come mai sei qui?» volle sapere.

«Lei è amica dell'artista. Hanno studiato insieme a Stoccolma». Nahoom fece cenno di sì con la testa, che pareva attaccata al collo come ad un filo lungo e sottile. Matteo non sapeva come togliersi di torno la sua ex: «Vuoi che te lo presenti?»

Romina era interessata all'artista ma, visto che se lo era ritrovato tra i piedi, era ancora più interessata a rovinare la serata a Matteo. Il Barbaresco stava facendo effetto. E dal suo cuore in quel momento l'unica materia capace di venire a galla era la perfidia. «No grazie, preferisco stare qui con voi».

Nel frattempo, fluttuando per il salone, il gruppetto si era avvicinato senza volerlo al capannello di persone che circondava il protagonista della serata.

Sven era annoiato e insofferente. Quei party inaugurali duravano un'eternità. Una donna bellissima dal corpo statuario e i capelli color miele aveva attirato la sua attenzione. Ma si era reso conto subito che ad accompagnarla c'era un energumeno alto e grosso come un armadio e aveva desistito dall'assalto. Lei gli si era avvicinata, comunque, stringendogli la mano e gratificandolo con apprezzamenti entusiasti sui frigoriferi. Una scena che si ripeteva identica da che l'esposizione era stata aperta agli invitati. Non si era sottratto. Faceva parte del rituale. Mentre si intratteneva in conversazione con la sconosciuta e il suo accompagnatore, intercettò a poca distanza una vecchia fiamma, Nahoom, con la quale aveva trascorso notti indimenticabili anni prima a Stoccolma. Saputo che si era trasferita a Torino, si era ricordato di inserirla nella lista degli invitati. Anche lei, purtroppo, era arrivata in compagnia. Avrebbe dunque dovuto trascorrere la notte da solo?

Era sdegnato, a dir poco, per il fatto che la strepitosa Carol, la ragazza con il frangione biondo e gli occhi blu cobalto, non solo la notte precedente lo avesse scaricato nel nulla di una periferia dimenticata da dio, ma non si fosse presentata quella sera almeno per scusarsi. Fece un cenno di saluto a Nahoom. Lei lo raggiunse e si portò dietro gli altri due, ormai inseparabili, del gruppetto che poco prima si era formato.

Impegnata a battibeccare con Matteo, Romina non fece caso subito a quanto curioso fosse l'assortimento della nuova compagnia. In uno dei suoi outfit migliori, un abito spumeggiante di un tessuto impalpabile del colore della notte, c'era Eva. Accanto a lei, Silvestro Gatto sfoggiava un completo scuro e l'inseparabile sorriso.

«Ma che fantastica serata! Ci siete proprio tutti!» esclamò Romina quando si rese conto di essere finita senza nemmeno accorgersene nella fossa dei leoni. Era affranta. Il destino aveva evidentemente deciso che nulla, quella sera, le sarebbe stato risparmiato.

«Allora, l'hai trovato il mio sosia?» s'informò Silvestro, ilare come sempre.

Romina scosse la testa. «Purtroppo no». Né contava più in alcun modo di trovarlo.

Apprese suo malgrado che Eva e Silvestro sarebbero partiti la settimana seguente per le isole Galapagos. Il fatto di sentirsi pubblicamente ringraziare dal veterinario per essere stata l'angelo che gli aveva fatto incontrare la donna della sua vita non le procurò la minima allegria. Circondata da Matteo da un lato ed Eva dall'altro, cercò una via di fuga in direzione del cameriere con il vassoio dei vini.

E fu solo a quel punto che si ritrovò faccia a faccia con Sven.

Quando gli occhi di Gunnarsson agganciarono i suoi, ci fu una scarica di corrente. Pareva che un circuito elettrico fosse stato collegato. Tutto in lei si illuminò, dalle scaglie argentee dell'abito alle pagliuzze dorate delle iridi. Prese a risplendere nel modo festoso e stupefacente dell'albero di Natale quando per la prima volta viene attaccato alla presa.

L'istante si divise in frazioni e ogni frazione trasmise a Romina, in una sorta di vibrazione atomica che attraversò la sala come un leggero terremoto, la percezione, la consapevolezza, la certezza che non c'era nulla da imparare da quegli arroganti Illuministi e che avrebbe fatto meglio, da quel momento in poi, a dare meno ascolto alla ragione è più credito alle forze soprannaturali. Perché quello che si trovava a un metro da lei, nella sua bionda assoluta quintessenza di fascino, era senza alcun dubbio il tanto atteso regalo del fato. La profezia, dunque, non aveva sbagliato.

Mentre Nahoom procedeva alle presentazioni, Sven si disse che forse un giorno avrebbe imparato a resistere al fascino delle ragazze italiane. Ma di sicuro il giorno non era quello. "Che meraviglioso paese!" pensò. E prese tra le sue mani quelle della sconosciuta.

«Romina...» disse, assaporando tra le labbra il suono rotondo di quel nome. Aveva l'impressione che gli occhi di lei fossero fatti con la stessa ricetta segreta della Nutella: c'era dentro qualcosa di dolce, misterioso e squisito.

Matteo e Nahoom si dileguarono in fretta.

La scintilla aveva prodotto un vuoto e il vuoto non poteva durare a lungo, andava riempito. Nessuno meglio di un performer come Sven ne era consapevole. Non era tipo da convenevoli, né aveva bisogno di mettere alla prova il suo fascino. Senza contare che era il protagonista della serata, la star. Nessuna donna al mondo avrebbe saputo resistergli. Quindi prese Romina per mano e, con la tranquilla certezza del bracconiere che ha la preda già ben assicurata dentro la gabbia, l'avvicinò a sé fino a che gli occhi grigioazzurri non furono talmente vicini a quelli nocciola di lei che quasi le perforarono le pupille.

«Davvero non sei un'attrice?»

«No, gestisco una libreria».

Romina era persa nello spazio profondo. Galleggiava nel vuoto senza peso della perfetta euforia.

«Vieni» disse Sven. «Andiamocene da qui».

La condusse per mano lontano dalla folla che si accalcava nel nucleo centrale dell'esposizione. Si era concesso abbastanza. I potenziali acquirenti e i giornalisti erano stati gratificati ampiamente. In quel mestiere, aveva imparato, era cruciale offrirsi al mondo col contagocce. Imboccarono un'uscita di sicurezza e poi una scala di servizio. Si inerpicarono per tre piani lungo gradini di ferro che risuonavano sotto i tacchi di Romina producendo un rumore secco. Sven pareva conoscere ogni segreto dell'edificio. L'allestimento della mostra aveva richiesto vari sopralluoghi. Il Castello seicentesco che ospitava il Museo d'Arte Contemporanea era stato esplorato dal tetto ai sotterranei. Lei si lasciava portare. Dai tempi del liceo non le era più capitato che un ragazzo perdesse così tanto tempo a scegliere il posto giusto per baciarla. Arrivarono in cima alle scale e imboccarono uno stretto corridoio, dal soffitto molto basso, che correva come un tunnel nel sottotetto del palazzo. Era quasi totalmente buio, l'unica debole luce proveniva dall'esterno attraverso le strette finestre a feritoia.

«Sei sicuro di dove stiamo andando?» Una domanda che Sven finse di non sentire. La sicurezza aveva guidato i suoi passi ogni minuto della sua brillante esistenza.

A una decina di metri da loro c'era una portafinestra che si apriva su un terrazzino a strapiombo sul vuoto, nella guglia più alta del maniero. Un punto panoramico che gli architetti autori del restyling dell'edificio si erano divertiti a realizzare con un gioco di vetri e putrelle d'acciaio. L'ideale approdo per una fuga romantica. Arrivarono di corsa e si gettarono con foga all'esterno, rischiando quasi di cadere di sotto. E con altrettanta impazienza si baciarono. Romina si lanciò sulle labbra di Sven con la voracità di un ragazzino a dieta al quale fosse stata messa sotto il naso una pizza appena tolta dal forno. Era la ricompensa, la rivincita, il lieto fine dopo tanto tribolare.

«Ehm, ehm...» Il colpo di tosse aveva rotto il silenzio in modo molto discreto ma era stato perfettamente udibile. Si voltarono nella direzione della voce. Una coppia era annidata nella penombra. Romina, con le braccia ricoperte di pelle d'oca sotto lo scialle, invidiò molto i loro cappotti.

Al quarto bicchiere di Barbaresco, Clotilde aveva deciso che sarebbe stato inutile continuare a nuotare controcorrente. Era stanca di essere una donna sola, stanca di lottare. Si era arresa alla confortevole devozione del suo ex marito come il turista di avventure nel mondo si abbandona, dopo il tour del globo in tenda, alla doccia nell'hotel a cinque stelle. "Se così dev'essere, così sia" aveva deciso, prima di buttargli le braccia al collo e provare a recuperare il tempo perduto. Quando si rese conto che l'intruso comparso sul terrazzino a guastare loro la festa era proprio Gunnarsson, sbiancò. Prese la mano di Alberto e cominciò a tirare in direzione della finestra, per trascinarlo via.

«Filiamo. Di corsa». Era chiaro che quell'aguzzino aveva deciso di perseguitarla anche lì.

Sven alzò gli occhi nella direzione dalla quale proveniva la voce. Riconobbe Clotilde immediatamente. "Quell'idiota" pensò. Non solo aveva rischiato più volte di mandare all'aria la mostra, ora era salita fin lassù al preciso scopo di sabotare il suo momento romantico.

«Questo terrazzino non è aperto al pubblico» fece notare con tono autoritario.

«Infatti» rispose Clotilde, con voce altrettanto ferma. La presenza di Alberto le dava la forza di tenergli testa. «Se vuole amoreggiare con le sue conquiste è bene che vada altrove».

"Conquiste?" Il plurale mise Romina in allarme.

Gli occhi di Sven erano incandescenti, due braci. «Mi stupisco che lei ancora non sia stata licenziata».

«E io» replicò prontamente Clotilde «che lei sia ancora vivo». «Andiamocene» aggiunse, rivolta al marito «prima che qui finisca male».

Nella luce fioca del cielo notturno, vibrante di particelle di foschia, gli occhi di Alberto intercettarono quelli di Romina. Ci fu un lampo di riconoscimento. Ma nessuno dei due proferì parola.

29

Sebastiano Gallo era convinto che le emozioni umane costituissero un fragile ecosistema, e che andassero mantenute in costante equilibrio. Occorreva compensare il troppo dolore con la gioia, ad esempio, come si fa con le emissioni di gas serra. Sperava di trovare un po' di conforto correndo lungo il fiume. Il che, nella contabilità del suo benessere, equivaleva ad aver piantato un centinaio di alberi. Ma era una corsa priva di allegria. Pareva che la vita, senza Marshall, non fosse più capace di offrire momenti di felicità. Una profonda tristezza era calata su di lui, una cappa plumbea che d'ora in poi avrebbe gravato sulle sue giornate come un cielo carico di pioggia. All'eutanasia era seguita una notte movimentata. Non si era sottratto al suo dovere e aveva completato l'intero turno in ospedale cercando di salvare il gatto della ragazza bionda. Era riuscito a dormire un paio d'ore appena. Sentiva la testa pesante, il cuore muto e le gambe di pietra.

Era mattina presto, il sole aveva rotto gli indugi ed era ricomparso. Il rosso dell'alba sfumava nei toni più chiari e tingeva il cielo di rosa. Le colline, al di là del fiume, formavano un bordo scuro e ondulato. I prati del parco del Valentino a quell'ora erano già pieni di sorridenti mattinieri che con gli occhi pieni di amore – così, almeno, apparivano a lui – lanciavano rami, frisbee o palline a cani pazzi di gioia che correvano a prenderli. Vide un audace meticcio, alto poco più di una spanna, giocarsi una chance con una superba femmina di Golden Retriever, sotto lo sguardo divertito dei reciproci padroni. Vide un agilissimo Staffordshire Bull Terrier, tozzo e muscoloso come un body builder, correre forsennatamente da un angolo all'altro del prato come la pallina di un flipper impazzito, mentre il suo umano ne seguiva ogni mossa ridacchiando e facendo il tifo. Vide uno spettacolare Border Collie al guinzaglio di una bella signora, matura e molto elegante, che lo portava a spasso con orgoglio; e un esilissimo striminzito levriero, probabilmente strappato alla morte in qualche *perrera* spagnola, emaciato e tremante nel suo cappottino imbottito, strusciarsi contro le gambe della sua benefattrice. "Tutte le coppie felici sono felici allo stesso modo" pensò amaro Sebastiano, completando il quattordicesimo chilometro con la sua ampia falcata. E una lacrima gli attraversò la guancia andando a morire sullo scaldacollo di microfibra.

Era stato un amore unico e speciale. E non c'era modo, adesso, di compensare quel dolore. Nemmeno macinando mille chilometri al giorno, nemmeno scalando l'Everest di corsa, nemmeno incontrando la donna più bella del mondo. Ogni cane, ogni gatto, ogni criceto, ogni cocorita, ogni essere vivente che fosse passato tra le sue mani gli avrebbe riaperto la ferita. Sarebbe stato un lutto sempre fresco e mai elaborato. Come avrebbe potuto continuare a esercitare la professione? La domanda si fece strada lentamente dentro di lui, come il liquido di contrasto ingerito prima della radiografia. La risposta era semplice: non avrebbe potuto. L'inevitabilità di quella conseguenza gli apparve chiara e nitida come appaiono chiari e nitidi i contorni di un paesaggio quando il lampo rischiara la campagna durante il temporale.

Gli animali erano stati la sua ragione di vita. Aveva studiato tanto. Ma qualcosa dentro di lui si era rotto. La morte di Marshall aveva aperto una breccia che da quel momento in poi lo avrebbe costantemente esposto all'emotività. Lui per primo non si sarebbe più fidato di se stesso. Essere diventato un veterinario emotivo significava aver smesso di essere un veterinario. Come avrebbe potuto riaggiustare ossa, ricucire pezzi, curare occhi e zampe, trafficare tra cuori e polmoni, fegati e intestini, con le mani tremanti per la compassione e la paura? Ebbe un capogiro. Avvertì il battito del cuore accelerare. Sentì una fitta sul lato sinistro del petto e fu sopraffatto dal terrore. La pelle si ricoprì di uno strato di sudore che in pochi istanti, sotto l'effetto dell'aria fredda, si trasformò in una pellicola di ghiaccio. Sbiancò e quasi cadde a terra.

La padrona del Border Collie notò il suo ondeggiare. Gli si avvicinò, mentre il cane prese a leccargli dolcemente una mano. «Si sente male? Sono un medico».

Lui non seppe cosa rispondere. O meglio, non seppe *come* rispondere. La bocca era paralizzata. Appoggiò le mani sulle ginocchia piegate e cominciò ad ansimare violentemente. Le gambe erano di cemento armato. Il corpo aveva smesso di ubbidire ai suoi comandi.

«Si sieda» disse la donna, indicando una panchina.

Il colorito di Sebastiano era cereo. Riuscì a distendersi sull'umido legno verde. La sua corporatura era massiccia. Spalle e torace, e tutte le gambe, sporgevano dal sedile.

La dottoressa gli prese il polso, appoggiò un dito sulla carotide e rimase per alcuni secondi in silenzio. «Cerchi di calmarsi» disse, accarezzandogli la fronte sudata.

Lui le rivolse uno sguardo pieno di angoscia. Poi con un fil di voce sussurrò: «È finita». E chiuse gli occhi.

La donna gli sollevò una palpebra, continuando a tenergli il polso. Sebastiano farfugliò qualcosa. Le parole gli vennero fuori in disordine: «Qualcuno... 118... male... cuore... attacco». Nel frattempo attorno alla panchina si era radunato il gruppetto degli altri proprietari di cani, che osservavano la scena incuriositi, mentre gli animali continuavano imperterriti i loro giochi. «Bisogno di aiuto?» chiese, avvicinandosi, uno di loro.

«No no, tutto a posto» rispose la donna, con il fare sicuro di chi ha la situazione sotto controllo.

Sebastiano a quelle parole riaprì gli occhi e ritrovò la voce. «Tutto a posto un cavolo» protestò. «Ho un infarto in corso. Sto morendo. Chiamate subito un'ambulanza!»

«È un attacco di panico. Non sta morendo. Ma se resta qui fermo al freddo così sudato» aggiunse la donna «probabilmente morirà». L'ironia cadde nel vuoto.

«Sono uno sportivo! Non ho problemi psichiatrici!»

«Capisco» disse dolcemente la dottoressa. «E mi scuso per la mancanza di tatto. Però mi dia retta. Le garantisco che è un attacco di panico. Lei che mestiere fa?»

«Sono veterinario».

«Io lavoro lì» disse lei. E indicò il monumentale edificio dell'ospedale Molinette. «Cardiologia. Primario».

«La miseria».

«Si fida ora?»

«Mi scusi. È che...»

«Lasci stare».

«Non so cosa mi sia preso. È la prima volta che mi succede». Il respiro di Sebastiano era meno affannato ora. Il polso aveva incominciato a rallentare. La situazione stava lentamente tornano alla normalità.

«Non deve giustificarsi. Una défaillance può capitare».

La donna gli teneva ancora l'avambraccio. Fece caso all'albero tatuato sul polso e un luccichio materno comparve nei suoi occhi, ancora brillanti nonostante fossero circondati da un reticolo di rughe. «È un tipo da legami solidi, lei. Non è vero?»

Lui rispose con un sospiro.

«Ha perso qualcuno di recente?»

«Il mio migliore amico». Ci fu una pausa. Un altro sospiro. «E sto per perdere il lavoro».

«Mi dispiace molto. Non la invidio».

«Non mi invidio nemmeno io».

«Allora non sottovaluti queste crisi».

«Ho qualcosa che non va?»

«Al contrario. È più umano della media».

Sebastiano si rimise in piedi. Battito cardiaco e respiro erano tornati regolari, la mente aveva ritrovato la lucidità.

«Quindi dice che posso riprendere?»

«A correre? Sì. Però, se posso permettermi di darle un consiglio, si guardi dentro. Non scappi dal dolore. Ha più resistenza di lei. La raggiungerà».

30

Romina aprì gli occhi sul soffitto chiaro della junior suite, appannata dal sonno e a disagio. Sentiva come un grumo sullo stomaco che le impediva di respirare. Le capitava a volte di provare quella sensazione, quando si addormentava con un maglione annodato in vita per tenere calda la pancia. Ma questa volta non era un maglione. Era il braccio di Sven che dormiva beatamente, avvinghiato a lei in una posa talmente complessa che pareva avesse ben più di due braccia e due gambe. Lo accarezzò dolcemente sulle spalle, la nuca, i capelli. Avvertì sotto le dita la leggera peluria bionda delle sue braccia. L'alito profumava di lampone. La stanza era più piccola e meno lussuosa di quella della zia Titti, al piano superiore. Sul pavimento erano rimasti sparpagliati i vestiti della sera prima, sul tavolo i bicchieri e le bottiglie vuote. Le scaglie d'argento del suo abito formavano per terra un mucchietto metallico, simile a resti di limatura di ferro. Gli avanzi di un'officina. In tutto il corpo sentiva vibrare l'eco di una beatitudine della quale però non era ancora in grado di mettere del tutto a fuoco l'origine. I ricordi della festa erano persi in una nebbia che andava diradandosi con estrema lentezza. Le tempie pulsavano. Doveva aver bevuto parecchio.

Si alzò dal letto per andare a fare la pipì. La stanza da bagno era gemella di quella al piano di sopra. Si sciacquò il viso con l'acqua gelata e riacquistò flash di memoria. Quel luogo. L'incantesimo. La verbena intrisa d'olio che aveva fatto una fiammata. Il piattino di peltro troppo piccolo per contenere il falò. Lapilli che svolazzavano dappertutto, coprendo il lavandino e il bidè di uno strato di cenere. E il salto che aveva fatto quando il maledetto allarme antincendio si era messo a strillare! L'imbarazzo e la vergogna di essere stata scoperta, colta in flagrante, smascherata nella sua inconcludente ingenuità. Sorrise di tutto questo come di una brutta avventura. Era acqua passata. La ragazza maldestra e combinaguai non esisteva più. Dal bruco alla farfalla. La metamorfosi era compiuta. In meno di quarantott'ore non solo la sua vita ma la sua identità erano cambiate. Ammirò, colma di soddisfazione, la propria immagine dentro lo specchio: era quella di una Madonna in trionfo con il capo rifulgente di un'aureola di autostima.

Onde cosmiche di positività spumeggiavano sulle rive della sua nuova esistenza. Sentiva che gli ingranaggi astrali avevano invertito la rotta e la sfortuna aveva mollato la presa su di lei e voltato l'attenzione verso altri tapini da perseguitare. Le tornarono in mente le parole di Orsetta. *La Grande Profezia.* Gli effetti sovversivi di quel magico pianeta. Il pianeta delle rivoluzioni. Giove? Plutone? Urano? Urano, certo. Il suo amico Urano.

Uscì dal bagno della junior suite con addosso un accappatoio di spugna bianco che aveva la consistenza di una pelliccia di volpe della Groenlandia. Sven era immobile nel letto, nel suo sonno angelico. Lo aveva sentito trafficare fino a tardi attorno al laptop, ancora aperto sulla scrivania. Le aveva raccontato dei tanti progetti realizzati, o imminenti, per i maggiori musei d'arte contemporanea del mondo: la Tate Modern, il Moma, il Guggenheim di Bilbao, l'Hamburger Bahnhof di Berlino. Romina ebbe un brivido di compiacimento: un uomo così brillante e pieno di talento, dagli orizzonti tanto vasti, aveva scelto *lei.* Chiamò la reception e ordinò caffè e pane tostato. Nell'attesa dell'arrivo del servizio in camera decise che si sarebbe concessa qualche minuto di navigazione sul web, a caccia di informazioni sul pianeta amico. Il computer di Sven era ancora accessibile, nell'apertura a tempo dall'ultimo inserimento della password. Le bastò premere sulla tastiera perché lo schermo si illuminasse. Un secondo dopo si ritrovò faccia a faccia con una persona conosciuta. Una ragazza le sorrideva dal display, in primissimo piano, con un frangione biondo da fumetto manga, due occhi blu cobalto grandi e luminosi come fanali e un'espressione di ineffabile felicità. Romina rimase assorta per diversi secondi, lo sguardo sullo schermo del computer, vitreo e inespressivo come quello di un animale tassidermizzato.

Quando il cameriere bussò alla porta con la colazione, era ancora lì, immobile. Gli urlò: «Torni più tardi!» Poi si pentì dell'insolenza: «Anzi, lasci il vassoio davanti alla porta. Grazie».

L'aspetto inquietante della foto era la tappezzeria. La stessa della stanza. Una stampa a geometrie ondulate. Il che amplificava l'effetto a specchio e le faceva venire il mal di mare. Ebbe un conato e fu costretta a correre in bagno a vomitare. Non era stata una buona idea seguire la deriva alcolica di Sven fino ai picchi della vodka. Si sciacquò la faccia e tornò alla scrivania. Si sedette al tavolino e cercò, nei limiti del possibile, pur frastornata dal sonno, dalla sorpresa e dai postumi della sbronza, di riordinare le idee.

Era stata lì, dunque. L'aveva anche vista. Le tornò in mente l'immagine di Carol nella hall, la sera prima. Imbarazzata e sfuggente. Ora capiva il perché. Non era difficile. Bastava fare due più due. L'aveva rimorchiata, era chiaro. Tornò in bagno a vomitare ancora un po'. Conati di bile e saliva. Lo stomaco sussultava senza produrre nulla, nemmeno sollievo. Si sciacquò di nuovo la faccia, più e più volte. Tornò al tavolino e riprese il filo dei pensieri. Era la spiegazione più semplice, la più scontata. D'altra parte la fotografia poteva non significare niente. Carol lavorava spesso con gli artisti, glielo aveva raccontato. Poteva essere capitata lì per un'emergenza di lavoro. Certo, ricordava di averla incrociata durante l'evacuazione dell'albergo, attorno alla mezzanotte, ma che c'era di strano? I creativi sono gente bizzarra e senza orario. Le ipotesi erano molte, in linea teorica. Se si fosse fermata lì non avrebbe scoperto la verità. Sarebbe stato più prudente, ma non avrebbe saputo.

Decise di rischiare. Lui dormiva ancora. Prese una grossa boccata di fiato e si immerse nelle profondità dell'archivio.

Si domandò in che modo avrebbe potuto orientarsi nel labirinto di file con nomi in svedese del MacPro di Sven. Ma non fu necessario scavare. La cartella interessante era quella già aperta, lì, davanti al suo naso.

La foto di Akkelien era stata scattata ad Amsterdam, il 15 gennaio alle 18.45 davanti a una pinta di birra scura. Quella di Hayley, il 4 aprile dell'anno prima a Sydney, con il vento della baia che le scompigliava i riccioli rossi. Gli occhi di Jamila erano estatici mentre fissavano il tramonto a Casablanca, nei riflessi d'oro del pomeriggio autunnale. Mentre Concepcion cavalcava nella pampa argentina vestita come un cowboy, nel fulgore dell'estate australe ai confini del mondo. E Parvati salutava con la mano, illuminata dalla luce ambrata della sera nel cuore del Rajasthan. Nomi, date, luoghi. Tante identità concentrate in così pochi mesi. Ed erano solo alcune. Che a Romina parvero le più belle, le più esotiche, le più affascinanti. Perché ce n'erano moltissime altre. Tristi come foto segnaletiche, ingrate come fototessere. Un piccolo dossier per ognuna, come i file di una squadra investigativa a caccia di un assassino seriale. Scatti rubati di hostess, cameriere di ristorante, cassiere di supermercato, parrucchiere e bartender, finite nella rete del collezionista e gettate dentro la memoria dell'iPhone e poi del computer nel più assoluto anonimato, come cadaveri senza nome in una fossa comune.

Paralizzata come il riccio sull'asfalto davanti ai fanali di un'automobile, Romina impiegò alcuni minuti per riprendersi dallo shock. Con il dito continuava a premere sul cursore. Un gesto meccanico che faceva scorrere volti e identità di quel database che pareva non avere fine. Non riusciva a smettere, né ad alzarsi. Non poteva staccare gli occhi dallo schermo, attratta dall'orrore come da una vertigine potente. Attese un segnale. Quando udì, fuori dalla finestra, un tuono squarciare le nubi scure che si erano addensate dal nulla nel cielo, e lo scroscio improvviso della pioggia battente, si mosse. Un temporale a febbraio. Comprese che era venuto il momento di arrendersi.

31

Quella stessa mattina, di fronte al suo letto rimasto intatto e vuoto sul soppalco della suite, alla zia Titti erano bastati pochi secondi per mettere insieme i pezzi e concludere che la missione non poteva aver avuto che esito positivo. Dall'ufficio del direttore del Museo, le cui vetrate si aprivano sui saloni della Manica Lunga dove si era svolto il *vernissage*, aveva avuto modo di tenere d'occhio Romina per tutta la serata. E se in un primo tempo la conversazione con l'uomo dalla testa arruffata, nel quale aveva immediatamente riconosciuto quel buono a nulla di Matteo, l'aveva messa in allarme, tanto che era stata sul punto di abbandonare la postazione e la piacevolissima conversazione con il vecchio amico e scendere al piano di sotto per strappare la nipote dalle grinfie di quel portatore di sventura, i fatti successivi le avevano suggerito di restare a distanza. La nipote aveva agito per conto proprio. E, con risorse che l'avevano lasciata stupita, aveva trovato il modo di finire tra le braccia di Sven anche senza il suo aiuto. Gli eventi avevano preso esattamente la piega sperata.

Davanti alla colazione continentale servita in camera, vestita di tutto punto, la gran dama lasciò che un sorriso di compiacimento le illuminasse il viso. Tutto procedeva a gonfie vele. Era venuto il momento di spezzare le catene che tenevano sua nipote legata a quella cittadina di provincia del tutto priva di prospettive e al business ormai senza speranze della libreria. L'avventura di "Non è una Pizza" – un nome così ridicolo e volgare, non riusciva neanche a pronunciarlo – era giunta al termine. Avrebbe venduto l'attività e recuperato il più possibile del capitale investito. Con l'aiuto di Sven Gunnarsson, avrebbe portato Romina via da lì e le avrebbe finalmente aperto gli occhi sul mondo.

Consultò gli orari dei voli dal tablet. Era al corrente degli spostamenti di Sven. La prima tappa sarebbe stata Londra. Avrebbero cenato insieme a Chelsea quella sera stessa. Poi lei avrebbe proseguito per Antigua e qualora i due piccioncini avessero voluto unirsi, sarebbero stati più che benvenuti. La sua segretaria si sarebbe occupata delle prenotazioni. Compose il prefisso di Parigi.

Udì bussare alla porta. La colazione era stata servita in camera solo mezz'ora prima. "Personale troppo sollecito'" pensò. E si ripropose di inoltrare un reclamo. Rimase molto sorpresa nel ritrovarsi invece davanti Romina, fuggita dal piano di sotto in accappatoio, con i piedi scalzi e le sue cose disordinatamente in mano.

«Buongiorno! Non mi aspettavo di vederti così presto. Cos'è quella faccia?»

«Ho bisogno di mangiare. Tanto».

«Il breakfast è sul tavolo, serviti. Ma non mi piace per niente quell'espressione».

Romina gettò il fagotto con i vestiti sul divano e si sedette. Non aveva mai creduto che col cibo si potesse curare la delusione, ma i fatti degli ultimi giorni avevano sovvertito parecchie sue convinzioni. Tra morsi di brioche alternati a bocconi di pane tostato con il burro, e lunghe sorsate di caffè, mise insieme un breve resoconto, abbastanza sconclusionato e pieno di rabbia. La zia Titti l'ascoltò in silenzio, senza un fremito di sopracciglia. Poche erano ancora le cose del mondo capaci di scandalizzarla. Senz'altro non il sacrosanto desiderio di promiscuità di un uomo libero, e scapolo, in una democrazia occidentale.

«Benedetta ragazza» concluse quando Romina ebbe dato sfogo a tutto il suo risentimento «non è il caso di prendersela per così poco. Non puoi mica pretendere da un uomo del genere la *fedeltà*!»

«Lo conosco da meno di ventiquattr'ore. Non pretendo nulla. Solo mi rifiuto di far parte di una fotogallery. La versione digitale di un harem!»

«Non tirerei in ballo la cultura islamica».

«Chiamalo come vuoi».

«Tieni presente che è un grande artista...»

«Grande artista un corno! È un collezionista di scopate su scala planetaria. Credevo di avere incontrato un campione, ma questo è il primatista mondiale!»

Romina continuava ad ingozzarsi. Assieme alle parole sputava fuori dalla bocca pezzi di cibo. La zia Titti provò a calmarla. «Avrà senz'altro una spiegazione».

«Ah, no. Non ascolterò nessuna spiegazione».

«Sono creativi, sono fatti così...»

«E infatti io non voglio più sentir parlare di mostre, *vernissage*, artisti e poeti. Voglio un idraulico, un carpentiere o un pizzaiolo. Qualcuno che non interpreti la vita con troppa creatività».

La zia Titti sprofondò sulla sedia.

«Basta, chiuso. Me ne torno a casa» annunciò Romina.

«Non puoi!»

«Certo che posso!»

«Ti ho appena prenotato un biglietto per Londra. Partiamo stasera. L'apertura della nuova mostra di Sven è tra pochi giorni».

«Non vengo, zia. Torno alla mia vita, ai miei libri e ai miei gatti». Qualunque fosse il futuro che l'attendeva, anche il più infausto, era venuto il momento di riprendere il controllo della sua esistenza.

La benefattrice non mosse un muscolo. Teneva lo sguardo fisso sulla vetrata che collegava l'interno della suite direttamente al cielo scuro dove imperversava il temporale. Il suo stato d'animo non era meno tempestoso. Cercava di controllare la marea di riprovazione e insofferenza che sentiva salire da dentro lo stomaco. Non c'era speranza di far ragionare quella benedetta ragazza.

Romina bevve l'ultimo sorso di caffè. Si pulì le mani unte di burro nel tovagliolo di fiandra, si alzò in piedi e rivolse ancora un'occhiata alla stanza. Probabilmente non avrebbe mai più messo piede in un luogo tanto lussuoso.

«Ti ringrazio per tutto questo. Non potrò mai sdebitarmi. Ma non ti permetterò di vendere la mia libreria. Anzi, la nostra, mia e di Stella».

Il furore negli occhi della gran dama a quelle parole ruppe gli argini: «Questo lo vedremo».

Romina si vestì, preparò la valigia in pochi minuti. Si fece chiamare un taxi dalla reception. Mentre l'aspettava, sotto la tettoia trasparente dell'ingresso dell'hotel, alzò gli occhi e venne risucchiata dal cielo scuro. Si sentì rimpicciolire a mano a mano fino a diventare puntiforme, come un'immagine dal satellite. Il temporale continuava violento. Fece due passi avanti e si buttò sotto la pioggia, sperando come in un fantasy di dissolversi a contatto nell'acqua e sparire.

Mezz'ora dopo, le bellezze architettoniche del centro di Torino avevano ceduto il posto ai casermoni della periferia nord. Romina si trovava in un piccolo luogo familiare. Le parve di essere Han Solo di nuovo a bordo del Millenium Falco. Dentro la Toyota c'era puzza di sigaretta. Qualcuno dell'officina doveva aver fumato e lasciato la cicca a marcire nel posacenere. Romina non protestò. Ritirò l'auto con il volto di pietra. Il conto era stato saldato dall'assicurazione: la sola buona notizia della giornata. Guidò nel silenzio, non le venne in mente di accendere la radio. La città scorreva sotto i suoi occhi senza che lei la vedesse. Comatosa, indifferente, triste, procedeva verso casa. Un soldato che tornava, con l'anima pesante, dalla guerra. Quando, arrivata a Moncalieri, lasciò la rotonda del Castello Reale per incominciare ad arrampicarsi sulla collina, avvertì i primi segnali. Quella strada, costeggiata da fitti boschi, alberi secolari, ville nascoste nel verde come nobildonne ritrose, aveva la capacità di alleggerire lo spirito e far dimenticare gli affanni. Il potere del nido. Sotto c'era il caos, lassù la pace. Fu come risvegliarsi e tornare al mondo. Tirò giù il finestrino e aspirò l'aria asciutta e fredda. Due lacrimoni che stazionavano sulle guance vennero spazzati via.

Mentre con il freno a mano tirato aspettava che il cancello elettrico si aprisse, in quella piccola pausa scomoda, in salita, che preludeva all'arrivo, si domandò che cosa avrebbe detto o fatto una volta a casa. Non ci fu bisogno di preparare grandi discorsi poiché la Toyota si ritrovò dopo pochi secondi ferma nel vialetto, muso contro muso con un'altra auto.

«*Mi corazón, que felicidad!*» L'entusiasmo con il quale Jorge si gettò fuori dalla macchina buttandole le braccia al collo, la lasciò spiazzata.

«Gesù. Pensavi fossi morta?»

Romina si godette l'accoglienza festosa. Era un ritorno a casa, un ritorno in famiglia. Un calore utile a lenire un po' la delusione e l'amarezza.

«Tutto tranquillo qui?»

«Fin troppo» rispose il cubano. «Senza di voi è un mortorio».

Lei dedusse che Stella non fosse tornata.

«Stanno bene i gatti?»

«Sono qua in giro. Eccoli!»

Acquattati sotto il portico per riparasi dalla pioggia, chi su un davanzale, chi sulla panchina, chi in equilibrio sulla ringhiera, silenziosi e regali, i felini erano impegnati nella loro attività preferita: meditare guardando l'immenso. Emma fu l'unica a scendere dal suo punto di osservazione e andare incontro a Romina. La salutò con una capriola, mostrandole la pancia. Lei la prese in braccio e strofinò la pelliccia nera sulla guancia. Era di seta. Fissò gli occhi gialli della gatta, stretti a fessura in segno di amicizia, e si commosse. «Quanto mi sei mancata» disse. «Quanto mi siete mancati tutti. Non vi abbandonerò mai più».

Jorge l'aiutò a portare dentro la valigia. Si salutarono con un bacio sulla guancia. Lui riprese l'auto e si avviò a passo d'uomo verso il cancello.

Fermò il motore il tempo necessario a inviare a Bartolomeo un sms: "Romina rientrata alla base".

La risposta arrivò nel giro di pochi secondi: "Era ora".

Jorge scrisse ancora: "Che si fa?"

Di rimando ricevette un laconico: "Procediamo".

32

«Stella, sbrigati. Hanno chiamato dalla clinica». Il tono della cugina era pressante. Quando c'era una comanda, bisognava mettersi immediatamente al lavoro. «Un ordine per stasera. Due cabaret di paste e due vassoi di salatini. Per una decina di persone. Credo che diano una festa».

«Va bene» rispose Stella senza nemmeno alzare lo sguardo. Era diventata un animale ubbidiente, un cavallo da tiro con la sola ambizione di completare il giro in tondo. Continuò a guarnire la Saint Honoré con piccoli ciuffi di panna.

«Quel tizio, il veterinario, a dire il vero non mi pare tipo da festeggiamenti» commentò la cugina. «Negli ultimi tempi è sempre depresso».

«Non saprei. Non l'ho mai visto».

«Non l'hai mai visto? Beh, ti sei persa qualcosa».

«Sono sempre chiusa qui».

Quella frase ormai era un *refrain*. Era venuta fuori con un accento accusatorio, ma lei aveva solo voluto esprimere un dato di fatto, senza alcun giudizio. Non le importava di essere reclusa. Era lei stessa ad aver scelto la prigionia, l'espiazione, il sacrificio che le conferiva la statura morale dell'eroina tragica schiacciata dal peso del fato.

«Beh, stasera lo vedrai. Hanno chiesto che sia tu a fare la consegna».

«Io?»

«Non mi chiedere il perché».

Un lampo di stupore accese gli occhi chiari di Stella, che subito tornarono a spegnersi. Non commentò.

«Trova il tempo di passare di sopra a darti una sistemata».

«Va bene».

«E adesso ti consiglio di dare una bella accelerata».

«Mi sbrigo».

Lontano dagli occhi della titolare, che si era allontanata per andare a occuparsi di altre faccende, Stella si spruzzò ciuffetti di panna sopra tutte le dita della mano e se le leccò, una per una, con grande accuratezza. Guardò l'orologio sulla parete: mancavano quattro ore alla consegna. Terminò velocemente la guarnizione della Saint Honoré, passò rapida alla farcitura delle mini Sacher destinate alla vetrina del banco, verificò lo stato del Pan di Spagna per la torta di compleanno che sarebbe dovuta essere pronta tre quarti d'ora dopo. Niente affanno, una cosa alla volta. Sapeva come trovare il ritmo, era diventata una maratoneta dell'arte bianca. Una disciplina che richiedeva concentrazione, forza d'animo e massima precisione.

Ripassò mentalmente dosi e ingredienti, mise a fuoco un piano d'azione. Avrebbe rispettato i tempi e creato qualcosa di veramente squisito. Abbastanza buono da risvegliare i sensi del veterinario depresso del quale aveva parlato la cugina. Lavorò per ore, senza sosta. Drogata dallo zucchero inalato e ingerito, una polvere candida e sottile capace di produrre su di lei gli effetti di un'anfetamina.

Le pizzette erano piccole isole di bontà che costellavano in file perfettamente ordinate le grandi teglie destinate al forno. I salatini durante la cottura avrebbero rivelato le loro forme: rosette, esagoni, funghi, barchette. La lievitazione della pasta sfoglia era un fenomeno che lasciava Stella sempre ammirata. Le foglie dei chichingeri rendevano lussureggiante il vassoio dei pasticcini alla frutta. Sulle tartine dominava il color porpora di fragole, ribes e lamponi. Perché aveva messo tutto quel rosso? Sentiva il calore emanarsi dal carrello, particelle di energia vibrare sopra i dolcetti come gli aloni colorati sulle mani di un pranoterapeuta. Controllò che tutto fosse a posto. Allineò nel secondo cabaret i bignè, mise in fila i funghetti, distanziò gli chantilly in modo che la panna sui lati non li facesse appiccicare gli uni agli altri. Collocò il ponticello di cartone sopra ciascun vassoio e impacchettò il tutto con la carta stampata del negozio. Indossò piumino e cappello, contò fino a dieci in piedi davanti alla porta, e uscì. Diede un'occhiata al marciapiede. Il tragitto era breve ma l'asfalto sconnesso avrebbe potuto creare dei problemi. I riccioli di panna erano instabili, avrebbero risentito più di tutti delle vibrazioni. Detestava che il suo lavoro venisse rovinato da fattori esterni del tutto evitabili. La pasticceria era un'opera d'arte fragile e caduca, un miracolo destinato a durare lo spazio di un giorno. Desiderava che quei piccoli capolavori almeno arrivassero a destinazione intatti.

Che fine aveva fatto il ragazzo delle consegne? E perché diamine avevano chiesto di lei? Si fermò davanti alle vetrate dell'ospedale e guardò dentro. Dalla guardiola dell'ingresso una ragazza con i capelli tra il rosso e il fucsia, quasi fluo, le sorrise. Stella interpretò il sorriso come un invito a entrare. Si fece coraggio. Spinse con la schiena la pesante porta a vetri e provò a trascinare il carrello all'interno.

Il giardiniere aveva completato il progetto del vigneto in un'azienda agricola su un cucuzzolo a La Morra, nella magnificenza della campagna langarola. Su una terrazza dalla vista mozzafiato, affacciata sulle colline attraversate dai filari patrimonio dell'umanità, si era concesso una ricca bevuta con i proprietari della tenuta. Un brindisi che aveva sancito meglio di un contratto la conclusione dell'affare. Poi si era messo in viaggio. Lo avevano accompagnato alla stazione ferroviaria di Fossano, dove era salito su un treno in direzione Moncalieri. Stava rientrando con mezza giornata di anticipo, con il proposito di andare a recuperare la cagnetta all'ospedale veterinario e portarsela a casa. "Rallenta, e ciò che stai inseguendo si avvicinerà e ti prenderà" diceva il proverbio zen. Ma per lui era il momento di affrettarsi, non di rallentare. Come viceversa stava facendo il conducente del treno. Un macchinista con la spiccata passione per il freno, evidentemente. Robert fremeva. E poi si sentiva in colpa. L'impazienza era come andare contromano lungo La Via. Per non parlare del senso di colpa, nemico numero uno di ogni tentativo di pace interiore. Il viaggio gli parve lunghissimo. Arrivato alla stazione di Trofarello, si ritrovò sotto una grande torre color mattone. Non la stazioncina ferroviaria in stile western che si era aspettato, con un binario solitario perso nella campagna, ma una struttura efficiente e meccanizzata con biglietterie automatiche, lettori magnetici e connessione wi-fi. Chiese indicazioni al capostazione.

«Un chilometro a piedi lungo la statale» disse questi. Che cogliendo l'accento straniero di Robert, orgoglioso di avere nella sua giurisdizione un turista nientemeno che americano, si sentì in dovere di augurargli con un sorriso esageratamente cordiale: «*Have a nice walk!*»

Robert aveva come bagaglio soltanto uno zaino. Se lo fissò bene sulle spalle e si mise in cammino. Attraversò a passo regolare quella strana suburbia, metà periferia metà campagna, nella quale i capannoni dei concessionari e delle piccole aziende si intervallavano a quelli delle cooperative agricole e dei vivai. Attorno alla statale e alle ultime propaggini del piccolo centro urbano, si allargava una distesa di terreni agricoli. L'odore di letame gli riportò alla mente la sua infanzia felice nel Massachusetts. Ma non solo. Ricordava quella zona. Mesi prima aveva lavorato alla progettazione dell'area verde di un circolo di equitazione, pochi chilometri più a sud. Per un paio di mesi aveva combattuto con contadini suscettibili, omoni sul trattore che lo minacciavano di morte ogniqualvolta gli capitava di sconfinare sulla loro proprietà.

Continuò a camminare per una ventina di minuti. La sua destinazione era distante ben più di un chilometro, a quanto pareva. Il capostazione era stato ottimista. L'insegna blu dell'ospedale veterinario apparve, finalmente. "Ci siamo" si disse Robert. E accelerò il passo, impaziente. Superato il serpentone di macchine in sosta sul lato destro della strada, notò un particolare che attirò la sua attenzione. Davanti al palazzo di vetro e cemento era parcheggiata una Vespa di colore rosso.

La giornata di Carol era stata pesante. Combattere contro autoritari direttori di museo era niente paragonato al dover lavorare su un set cinematografico, un luogo nel quale il miscuglio di umanità combinato alla serie pressoché infinita di imprevisti dava origine al caos. La regista praticava un genere definito dalla critica "cinema sociale". Il che per Carol aveva significato trascorrere ore al gelo e con gli stivali di camoscio nel fango sugli argini melmosi del torrente Stura, ai piedi del montagna di immondizia della discarica municipale, dentro e fuori dalle roulotte di un finto campo nomadi che i suoi oggetti di recupero avevano contribuito ad allestire. Era esausta in ogni fibra del corpo. Innervosita dall'insoddisfazione, piena di rimpianto per Sven, indecisa sul cosa fare di se stessa e della propria vita.

Robert la riconobbe dall'amarilli. Lei dalle maniche di camicia arrotolate sotto il gilet di piumino.

«Ehilà!» gli fece cenno sollevando il palmo della mano.

«Ehilà!» rispose lui, riproducendo lo stesso gesto.

Parevano condividere un alfabeto muto.

«Che ci fai qui?»

«Recupero il cane».

«Io il gatto. Non sapevo avessi un cane».

In effetti che altro sapeva di lui se non che fumava sigarette senza filtro, conosceva il nome latino dei fiori e, come lei, non pativa il freddo?

Si scambiarono un sorriso impacciato.

«È una femmina» disse Robert «*A girl*» per rompere il silenzio. Non voleva che lei andasse già via. Aveva sperato tante volte di incontrarla di nuovo nel giardino della villa. «L'ho trovata» proseguì «No, lei ha trovato me». Lo disse nella sua lingua. In italiano si sarebbe ingarbugliato con i verbi e il gioco di parole non sarebbe riuscito.

Carol rise. In quegli enormi occhi blu cobalto Robert credette di intravvedere un bagliore, ma forse era solo un riflesso della luce ingannevole del pomeriggio.

«Entriamo?» propose lei.

Lui la seguì oltre la porta a vetri. Percepì un aroma di gelsomino e zenzero provenire dalla sua nuca bionda. «Quando un fiore si apre, il mondo appare» mormorò. Ma lei colse la frase solo a metà.

«Quello non è Robert?»

«A quanto pare».

«È in anticipo. Di ventiquattr'ore! Doveva tornare domani».

«Cambia qualcosa?»

«A questo punto no. Sarà un diversivo».

Dietro una vecchia edicola abbandonata, dall'altra parte della strada, Meo e Jorge tenevano d'occhio l'ingresso dell'ospedale Argo come poliziotti di pattuglia. Il motore era spento. I vetri dell'auto appannati.

«Sembriamo una coppietta che fa sesso in macchina».

«Vuoi fare sesso?»

«Non mi pare il momento».

«È sempre il momento» replicò Jorge, mordicchiandogli un orecchio. Bartolomeo scostò con garbo il compagno e controllò l'ora sul grosso cronografo nero che portava al polso.

«Si sta facendo tardi».

«Ancora qualche minuto».

«Ho rimandato un intervento per prendermi un giorno di ferie e partecipare a questa farsa».

«È stata un'idea tua».

«Mi sono ricordato di Ambra».

«È una coincidenza veramente straordinaria che la tua compagna di triathlon lavori proprio qui!»

«Non è in nessun senso la mia compagna. È una delle persone con cui corro. E ci darà solo una mano a sbrogliare la matassa».

«Sono geloso».

«Jorge, è una *donna*!»

«Non sarebbe la prima, sei stato anche sposato».

«È successo un mucchio di tempo fa. Non farmi ricordare quanto sono vecchio».

«Sei un vecchio sporcaccione». Gli accarezzò la guancia ruvida di barba brizzolata.

«Ma Romina dov'è?» incalzò il chirurgo.

«Lo sai che non è puntuale».

«So solo che ho spostato un trapianto per lei. E lei che fa? Non si presenta!»

«Sarà solo un po' in ritardo».

«Me lo auguro».

«Eccola!»

33

Romina arrivava di fretta, con i capelli scompigliati e resi crespi dall'umidità e l'espressione scocciata di chi vorrebbe trovarsi in un altro luogo a occuparsi di altre faccende. Aveva sperato di potersi riappropriare della propria vita con un minimo di calma. Tornava come da una vacanza. C'era tanto lavoro in arretrato in libreria, la casa da sistemare, l'email intasata, un mucchio di roba da lavare. Senza contare la dichiarazione di guerra della zia Titti che era rimasta sospesa sulla sua testa. L'autoritaria parente non era tipo da mollare, specie quando c'erano di mezzo i soldi. All'orizzonte si sarebbe presto profilata una battaglia legale. Si ripromise di chiamare Eva, prima della sua partenza per le Galapagos, e farsi suggerire il nome di un bravo civilista che l'avrebbe aiutata a riappropriarsi delle quote della libreria prima che l'azionista di maggioranza ne facesse scempio svendendole.

Avrebbe dovuto occuparsi di tutto questo, con la massima urgenza. E invece, per ricambiare il favore a Jorge, che nei giorni in cui era stata latitante aveva accudito i suoi gatti, si era scapicollata a bordo della Toyota per raggiungere di fretta l'ospedale veterinario di Trofarello. La parola "veterinario", a dire il vero, le aveva procurato un piccolo sussulto. Ma aveva immediatamente scacciato il pensiero. Non si sarebbe fatta contagiare mai più dal virus dei sogni romantici. E, come dai potenziali fidanzati, si sarebbe tenuta alla larga da maghi, astrologi e cartomanti.

Aveva combattuto tutto il giorno con la tentazione di rispondere ai messaggi di Sven. Una pioggia battente che si era riversata sul suo smartphone: "Dove sei finita?", "Perché non rispondi?", "Vorrei vederti prima di partire", "Ho l'aereo tra due ore, mi raggiungi?", "Sono all'aeroporto, ho bisogno di parlarti", "Sono in coda al check in, mi chiami?", "Mi sto imbarcando, ora spengo", "Sono sulla scaletta, ci sentiamo quando atterro a Londra". Romina li aveva letti e subito cancellati, con il riflesso di autodifesa di chi schiaccia uno scarafaggio sul pavimento. Aveva preso una decisione: la categoria "maschi bipedi" era bandita dalla sua esistenza. Uomini, basta. Quella sarebbe stata la vera rivoluzione uraniana. Si sarebbe fatta, metaforicamente, monaca.

Jorge aveva molto insistito. Si trattava di recuperare la cagnetta di Robert, una creaturina abbandonata al freddo, con gli arti posteriori paralizzati per una lesione alla colonna vertebrale. Forse a causa di un incidente, più probabilmente per le percosse. Una storia che aveva fatto breccia all'istante nel cuore di Romina. «Vado» aveva risposto, mettendo da parte dubbi ed esitazioni. L'amore per gli animali sfortunati era la sua stella polare.

Aveva rimosso il fatto che Robert avesse un cane. Tornò con la memoria alla sera sciagurata. Ripensò a quanto fosse stata patetica la scena. E a quanto la grandezza di Stella avesse rimpicciolito il già minuscolo, naniforme, meschino Matteo. Attese che il nodo le serrasse lo stomaco, nel ripensare a quegli eventi, ma non successe niente. L'insieme dei fatti accaduti da allora aveva agito su di lei come un potente antidolorifico e adesso tutto, liberato dalla confusione dei sentimenti incerti e dell'orgoglio ferito, le appariva con chiarezza. Che idea fenomenale! A mente fredda, era in grado di riconoscere il genio di Stella. Si commosse per il sacrificio al quale l'amica si era sottoposta a un solo scopo: il suo bene. Quanto le mancava! Si sarebbe messa sulle sue tracce, l'avrebbe cercata e, una volta trovata, gliel'avrebbe riconosciuto: «Sei stata formidabile!»

Oltre le porte a vetri dell'ingresso dell'ospedale Argo trovò una strana agitazione. A piantonare l'ingresso c'era una donna anziana, dall'aria molto poco amichevole.

«Adesso non mi dica che ci ha portato qualcosa da mangiare anche lei!» l'accolse questa, con uno sghignazzo.

Romina rimase interdetta. Si attenne alle istruzioni di Jorge. «Devo ritirare il cagnolino».

«Ahah». La risata della donna era cavernosa. Le parve un orco messo di guardia ad un asilo. «Qui tutti devono ritirare gattini e cagnolini, sa? Si può sapere di quale bestiola sta parlando?»

«Una piccola meticcia di nome Brigida».

«Quella paralizzata?»

«Uhm... Credo di sì».

«È già venuto il padrone. Lei, scusi, chi sarebbe?»

«Non è possibile. Hanno mandato me a prenderla!»

«Arriva tardi, è la seconda persona a chiedere di quel cane, oggi. Di solito succede il contrario, nessuno li vuole. Cos'avrà di speciale questo qua...»

Romina cominciava a perdere la pazienza. Essere maltrattata da quella donna sgradevole e maleducata andava ben oltre il compito che si era impegnata a portare a termine.

«In questo caso...» e fece per andarsene.

La donna ci ripensò: «Se proprio ci tiene. È in fondo al corridoio blu, ambulatorio 5. Segua la linea gialla».

«Grazie».

«Che cavolo di giornata» aggiunse la donna, chiudendo lo sportello della guardiola.

Romina si addentrò tra i corridoi dell'ospedale. C'era movimento, porte che si aprivano e si richiudevano. Seguì la linea gialla, come le era stato indicato. Non era l'unica a dirigersi in quella direzione. Aveva ragione la donna all'ingresso, era una cavolo di giornata. In quella parte dell'edificio stava accadendo qualcosa. Dopo poco fu attratta dalle voci.

Sulla porta dell'ambulatorio 5 stazionava una bella donna dalla corporatura atletica, con un viso dolce e una cascata di capelli ramati. Portava una divisa color malva, casacca e pantaloni: una veterinaria, evidentemente. Con tutta la cortesia possibile stava cercando di respingere l'assalto della ragazza con il carrello, che Romina vedeva di spalle, della quale notò sulla testa una cuffietta da cuoca.

«Noi non abbiamo ordinato questa roba» ripeteva la dottoressa.

«Non so cosa dirle» insisteva la ragazza «ho avuto indicazioni chiare: mi hanno chiesto di consegnare di persona proprio qui. Mica posso riportare tutto indietro!»

Il timbro della voce e il tono risoluto ebbero su Romina l'effetto di una scossa elettrica. Era lei! Era lì!

Fece qualche passo di corsa, mentre le due donne rimanevano a fronteggiarsi, perplesse.

La voce di Romina ruppe l'imbarazzo. «Dottoressa, lasci perdere. Quando è convinta di avere ragione non c'è modo di fermarla».

Stella si voltò, come fulminata. In un primo momento fu presa dal panico e pensò di fuggire. Poi sentì qualcosa liquefarsi, all'altezza del petto. Si arrese a quel sentimento, più forte della sua ostinazione. Si lasciò scappare un sorriso prima di voltarsi, raggiungere l'amica, abbandonarsi tra le sue braccia spalancate e sciogliersi infine in singhiozzi. Si tennero abbracciate a lungo. Stella spiegò rapidamente della fuga, del lavoro in pasticceria, e insomma del perché si trovasse in quel luogo, a spingere un carrello di cibo, vestita in quel modo.

«Potrai mai perdonarmi per quello che ho fatto?» disse infine.

«Non è il luogo né il momento per domande così imbarazzanti. E non c'è niente da perdonare. Anzi, ti devo dire grazie. Non ce l'avrei fatta, senza di te. Ora ci siamo finalmente liberate di Matteo».

A quelle parole, sul bel viso pallido di Stella comparve un'espressione indecifrabile. Romina pensò fosse l'emozione.

La commozione saturò il corridoio. Al punto che un piccolo cagnolino nero si mise festosamente ad abbaiare. Era Brigida, in braccio a Robert. Dalla porta della sala visita 4 uscì in quel momento Carol, con Aoi dentro il trasportino. Il gattone nero non fu entusiasta di trovarsi in mezzo a tutta quella gente. Con i polmoni di nuovo in discreta attività, prese a soffiare. Si ritrovarono riuniti tutti lì, tra le sedie di plastica dell'ospedale Argo, sorpresi e un po' a disagio. Romina non seppe cosa dire quando incrociò gli occhi blu cobalto di Carol. La ragazza le sorrideva, nella più totale innocenza. Che colpa aveva quella sciroccata? Di essere arrivata un attimo prima di lei? Probabilmente nemmeno era consapevole di far parte dell'album di figurine di Sven. "È stato solo un incidente" si disse Romina. Un episodio da dimenticare. La cosa migliore era metterci una pietra sopra e non pensarci più. Aveva ritrovato Stella. E con Stella una prospettiva, un futuro. Avrebbero combattuto insieme per ricostruire la loro amicizia e salvare la libreria. Tutto il resto non aveva più importanza.

La sua presenza nell'ospedale, si rese conto in quel momento, era del tutto inutile. La piccola Brigida aveva già chi si occupasse di lei.

«Sono rientrato in anticipo senza avvisare, mi dispiace» disse Robert.

«Robert non c'entra, sono stato io!»

La voce di Bartolomeo risuonò autorevole e potente tra i muri colorati dell'ospedale e fece zittire tutti. Lo videro avanzare lungo il corridoio con il suo passo atletico e due bottiglie di vino in mano. Sotto i capelli brizzolati tagliati a spazzola, sul volto fiero e spigoloso che pareva scolpito nel granito di una montagna, brillavano due vivacissimi occhi grigi, pieni di soddisfazione. Il sorriso era quello di un benevolo deus ex machina accorso in extremis a dare sbocco a un imbroglio. Jorge si guardò attorno, gongolante. L'arrivo imprevisto di Robert, e la presenza di quella bizzarra ragazza con i tatuaggi che parlava fitto fitto con lui, rendevano l'improvvisata ancora più riuscita. Non mancava nessuno.

Romina era a disagio. «Mi spiegate per favore cosa sta succedendo qua?» Quel party a sorpresa cominciava a disorientarla. Anche Stella si guardava attorno, in cerca di risposte.

«Ha organizzato tutto lui. Si è messo in testa di farvi tornare a vivere insieme» spiegò loro Jorge.

«Così vi riprendete le vostre bestiacce» disse Meo, già con il bicchiere in mano. «E lasciate in pace il mio ragazzo».

Rimandò le spiegazioni a dopo: «Ora dobbiamo brindare».

Convinse Ambra, la veterinaria che nel frattempo era rimasta a piantonare la porta dell'ambulatorio, ad accettare in omaggio il piccolo rinfresco. I due erano compagni di avventure sportive. Praticavano da anni triathlon insieme. Lui l'aveva anche tolta dai guai in una gara di crosstrail. Si era fermato a soccorrerla mentre lei era bloccata in mezzo al fiume che stava tentando di guadare trasportando la bici sulle spalle. Un'avventura che aveva segnato l'inizio di un legame. Divertita dalla piega festaiola che avevano preso gli eventi, la dottoressa accettò di aprire le porte della sala chirurgia alla combriccola. Dal frigorifero della dispensa fece comparire altre due bottiglie di prosecco e dall'armadio una confezione di bicchieri di plastica. «Massì, prendiamoci una pausa» disse. «Lavoro senza sosta da giorni». E invitò anche i colleghi a unirsi.

Carol e Robert si appartarono in un angolo.

La festa fuori programma fu un successo. Romina si guardò attorno: la stanza, ironia della sorte, era piena di veterinari.

Poco prima di andarsene, nell'euforia del vino, dell'amica ritrovata e della vita che riprendeva il suo corso, le capitò di sollevare lo sguardo e mettere a fuoco un'immagine che fino a quel momento non aveva notato, benché coprisse quasi l'intera parete. Sullo sfondo un ghiacciaio, un piano innevato, un cielo indaco e una catena di montagne che le sembrarono troppo vaste e imponenti per essere le Alpi. In primo piano un Alaskan Malamute, dal folto mantello di pelliccia che sotto i raggi del sole pareva d'argento. E un uomo, accovacciato accanto al cane, che in tenuta da alpinista sventolava una bandiera.

A Romina mancò il fiato. Rimase a guardare la foto per alcuni istanti. Poi si avvicinò ad Ambra e le indicò il muro.

«È tuo marito quello?»

«No, un collega».

«Un veterinario, quindi».

«Certo».

«Lavora qui per caso?»

«È il direttore sanitario di questo posto. Anzi, era».

Il cuore di Romina si mise a battere forte. «E dov'è adesso?»

«Non lo so, se n'è andato. Ci ha mollati».

34

La luna uscì dalle nubi e aprì uno squarcio di luce nella vallata. Le pareti della montagna erano scure e ripide. Ovunque c'era silenzio. Sebastiano chiuse la porta della tenda tirando la zip. Strinse le cinghie dello zaino, accese la torcia e si incamminò nel buio, lungo il sentiero. Da settimane era alloggiato in un rifugio sopra Entracque, cittadina occitana della Valle Gesso. Aveva risposto a un annuncio sul web. Cercavano un etologo specializzato in mammiferi per la riserva naturale delle Alpi Marittime. Aveva inviato il curriculum senza esitazioni. E, visto il suo profilo, con altrettante rapidità era stato reclutato. Quel luogo era talmente silenzioso e appartato, così ruvido e privo di piacevolezze, che gli parve di aver tagliato i ponti con la civiltà ed essersi imbarcato come mozzo su un mercantile. Trascorreva le giornate camminando nell'aria fredda, inalando a pieni polmoni il profumo del sottobosco, osservando le striature dei tronchi degli alberi e il passaggio delle nuvole nel cielo. Consumava i pasti quasi sempre da solo. Dormiva nel sacco a pelo, sulle brandine del rifugio che gli facevano venire in mente quelle dell'ospedale, quando gli toccava coprire il turno di notte. Ma il ricordo della sua vita precedente era un nemico che andava tenuto lontano, fuori dalle mura del suo cuore. Si era imposto di non pensare, non ricordare, e di vivere ogni istante nella pienezza di quel mondo fatto solo di elementi: l'aria, l'acqua, la terra, il fuoco. Seguendo questa ferrea disciplina aveva trovato una strana felicità. E non aveva avuto altri attacchi di panico. Al momento opportuno sarebbe tornato al mondo.

S'inoltrò nel fitto bosco della riserva. Un'oasi che ospitava una decina di esemplari di lupo in semi cattività. Giovani animali scampati alle ruote delle automobili, per lo più. Bestie selvatiche non più in grado di essere liberate nella natura e confinate dunque nell'ambiente protetto dell'area faunistica. La Regione aveva investito fondi pubblici nel progetto di ricerca del quale gli avevano affidato la direzione. Prima di accettare l'incarico, Sebastiano aveva specificato di non voler essere coinvolto in operazioni di tipo medico. Avrebbe fatto il manager, il supervisore, il guardiaparco, tutto ma non il veterinario. Si trattava di dirigere le attività della riserva e monitorare, nell'intera area delle Alpi Marittime, il processo di ripopolamento da parte del lupo. Un ritorno controverso, che faceva felici gli animalisti ma non gli allevatori.

Il destino di quel misterioso e schivo predatore faceva risuonare nell'anima di Sebastiano sentimenti profondi. Erano trascorse tre settimane dal suo arrivo al centro Uomini & Lupi di Entracque e quel progetto sembrava coinvolgerlo ogni giorno di più. Aveva preso a cuore l'impegno. Avrebbe partecipato alle campagne di salvaguardia che l'oasi aveva in programma in primavera, un piccolo tour nelle maggiori città della regione per diffondere materiale informativo. Quel progetto pareva restituirgli entusiasmo per la vita. Sarebbe andato a fare volantinaggio nelle piazze, avrebbe spiegato alla gente quanto la presenza sulle montagne di quel superbo carnivoro, che tanto assomigliava al suo Marshall, fosse il regalo prezioso di una natura ancora viva e vitale.

Le foglie e i rami secchi scricchiolavano sotto le suole degli scarponcini. La luna entrava ed usciva dalle nuvole nere, accendendo e spegnendo il cielo come una grossa lampada mezza fulminata. Aveva dormito poche ore. Toccava a lui la ricognizione. Una femmina alfa in dispersione era stata avvistata pochi giorni prima. Da quel momento erano partite le ricerche. Si trattava di avvicinarsi all'animale abbastanza da riuscire a sedarlo per pochi minuti, il tempo necessario per installare un radiocollare. In quel modo avrebbero potuto tenere d'occhio i suoi spostamenti. Sebastiano aveva studiato all'università che un lupo in dispersione è un esemplare che per qualche ragione ha abbandonato il branco. Seguire le tracce di un animale in questa fase avrebbe fornito informazioni fondamentali sul comportamento della specie. Sebastiano ammirava il coraggio e la fierezza di questi predatori, pronti a rischiare la vita per seguire l'istinto dell'avventura in solitaria. Il richiamo della foresta.

Più di ogni altra cosa al mondo, quella notte, desiderava veder spuntare una sagoma grigia, dal folto fogliame del sottobosco. E ritrovarsi a tu per tu con un paio di occhi gialli. Sentì un rumore in lontananza. Poi l'eco di un ululato. Non era vicino. Si mosse nella direzione del verso, che ancora risuonava nell'aria limpida notturna. Camminò per un paio di chilometri, attento a produrre il minimo rumore.

Si inerpicò lungo la salita che dalla boscaglia portava alla parete ovest della montagna. Una catena di piccole grotte costellava il fianco roccioso. Il muschio per terra era spesso, una moquette verde scuro. Non doveva salire. Più in alto non avrebbe trovato nulla. Costeggiò la parete di roccia s'inoltrò tra gli alberi. Dopo pochi passi trovò un punto di osservazione che gli parve propizio e si preparò a sistemarsi. Si accovacciò. Da fermo non avrebbe prodotto alcun suono. Spense la torcia. I contorni della notte dopo poco si definirono. A quel punto, c'era solo da aspettare.

35

Romina uscì sulla terrazza. L'orizzonte era lo stesso ma da quella prospettiva, la casa di Robert all'ultimo piano della villa, tutto appariva diverso. Lo sguardo, muovendosi sul piano rettilineo, non coglieva direttamente il vasto prato, l'aiuola delle lavande e la siepe di viburno, ma piuttosto le cime degli alberi e i nidi degli uccelli. Vide uno scoiattolo saltellare nel punto più alto della monumentale conifera che sovrastava il versante sud del giardino. Ascoltò un merlo cantare beatamente sulla sommità di una quercia, dall'altro lato del parco. "In fondo quassù non si sta niente male" si disse. Il giardiniere si era trasferito a casa di Carol, poche settimane dopo la rimpatriata all'ospedale Argo. L'amore da parte di lei era scattato quel giorno. Mentre lui era rimasto folgorato già al primo incontro: non era più riuscito a togliersi dalla testa l'immagine della ragazza con l'amarilli. Così Romina aveva ereditato l'appartamento. Le era parsa una buona soluzione di compromesso, per non abbandonare del tutto la villa. Giorno dopo giorno, lentamente, cercava di adattarsi a quella nuova situazione e prendere confidenza con le stanze di Robert.

Al pianterreno, il poeta aveva preso il suo posto. Quella che una volta era stata la sua amatissima casa si era riempita di libri, vestiti che parevano sempre sporchi, riviste, quaderni di appunti. E Matteo razzolava nel caos da lui stesso generato, perfettamente a suo agio. Per Romina era stato durissimo accettare la realtà. Inizialmente non era riuscita a comprendere perché Stella insistesse tanto a chiedere il suo perdono. Né perché continuasse a tormentarsi. Per lei la faccenda era chiusa. Dal suo punto di vista, che fosse andata a letto con Matteo non poteva che considerasi meritorio, visto che l'aveva liberata da un fardello. L'amica invece non smetteva di consumarsi nel senso di colpa. Ci vollero molte torte messe in forno e lunghe nottate di chiacchiere e reticenze perché il nodo venisse fuori. Il problema non era che Stella avesse fatto sesso con Matteo. Un fatto quasi incestuoso e di per sé contro natura, ma non irreparabile. La cosa irreparabile, che aveva aperto a Romina scenari sconvolgenti, era che nel mettere in atto quella strategia, la libellula fosse rimasta impigliata nel suo stesso gioco. In un fatto del tutto imprevisto.

Matteo era l'ultimo uomo al mondo al quale Stella avrebbe mai potuto immaginare di arrendersi. Eppure quando l'amica la mise alle strette fu capace di rispondere solo: «Lo amo». Due pesantissime parole che uscirono solenni dalla sua bocca, come fossero le ultime pronunciate da Anna Bolena al patibolo.

«Ma certo! Come ho fatto a non capire? Tu lo ami, lui ti ama. Che fantastico lieto fine!» Poi Romina era scappata dalla cucina, in lacrime. E si era chiusa in camera sua, con Emma. Sperando che la gatta potesse alleviare la sua amarezza. Stella, la sua Stella, era improvvisamente una rivale in amore! Tutto, davanti a quello scoglio, diventava più difficile. Tenere in piedi l'amicizia. Salvare la libreria. Tutto. Il futuro, sul quale non aveva mai smesso di riporre fiducia, si era trasformato in una strada impervia.

La coppia Stella/Matteo era un'equazione con i termini tutti sballati, eppure chissà come dava un risultato esatto. Romina aveva dovuto adeguarsi allo stato delle cose. Ma non si sarebbe mai arresa al *ménage à trois*, una prospettiva che si era ripresentata per la seconda volta a sabotare la loro amicizia. Aveva colto l'occasione del trasferimento di Robert per rifugiarsi al piano più alto della villa e, lassù, dare al cuore un po' di pace.

C'erano stati per lei giorni tempestosi, notti insonni e molti rospi da ingoiare, con la fresca coppia di innamorati a distanza così ravvicinata. Ma con il tempo la presenza di Matteo era diventata sopportabile come quella di un parente fastidioso stabilitosi nello stesso palazzo. Accettare che Stella l'avesse sostituita tanto facilmente con lui avrebbe richiesto più tempo. La nuova abitazione si era rivelata un rifugio utile a riflettere e le aveva offerto un cambio di prospettiva. C'era una bella energia in quell'appartamento. Robert aveva lasciato in eredità uno spazio fertile come i giardini di cui si prendeva cura. Dopo così poche settimane, già a Romina pareva di essere capace di guardare la vita con occhi diversi. E coltivare pensieri nuovi.

Le sue radici erano ben salde nei luoghi che amava: Moncalieri, la villa, la libreria. Il destino di "Non è una Pizza" non era ancora scritto: aveva chiesto aiuto a suo padre che, pur distratto dal suo studio di avvocato, dal suo sci e dal suo golf, era intervenuto come mediatore scoraggiando la sorella dalle sue intenzioni più bellicose. La battaglia non era persa e lei avrebbe lottato. Assieme a Stella, sperava. Matteo avrebbe smesso di tormentarla quando lei avesse scelto di smettere di farsi tormentare. Scendendo a patti col rancore si sarebbe definitivamente liberata di lui.

Decise in quel momento quel che avrebbe fatto. Non sarebbe stato necessario aspettare il lavorio del tempo, né affidarsi a incontri fortuiti, incantesimi fumosi o pianeti lontani. Per aggiustare le cose sarebbe bastata la buona volontà. Si sarebbe rimboccata le maniche, ci avrebbe messo impegno. Avrebbe tenuto unito, tutto insieme, quel che contava nella sua vita. Per la prima volta le parve di avere le idee chiare, di sapere esattamente quel che voleva.

Il merlo continuava a cantare, gaio. Romina rimase ad ascoltarlo, sulla terrazza. Abbracciò ancora una volta con lo sguardo l'orizzonte. Emma, la gatta nera, che aveva portato con sé nell'appartamento di

Robert, le salì con un balzo in braccio e strusciò il muso contro la sua faccia. Romina guardò la micia negli occhi. «Eh sì, amica mia» disse «è propio così. Tutti quanti a questo mondo vogliamo solo essere amati».

TRE MESI DOPO

Aveva lasciato la Toyota nel parcheggio degli espositori, fuori del Lingotto. Era entrata presto, quella mattina, con il sole già caldissimo dei primi di giugno. Lo stand di "Non è una Pizza", alla "Fiera dei Librai Indipendenti", si trovava in uno dei corridoi laterali del padiglione più grande. Una posizione un po' defilata, ma a lei piaceva. C'era passaggio ma non la bolgia dei settori che ospitavano i grandi eventi. Il giorno precedente, assieme a Stella e Agata si era dedicata ai lavori di allestimento. Matteo aveva offerto il proprio contributo nei termini di un servizio "consulenza & supervisione" che nessuno aveva preso sul serio. Per consolarsi si era concesso un flirt con la ragazza dello stand dei Piccoli Lettori Volanti, poco più che diciottenne. A progettare lo spazio era stata Carol. La convivenza con Robert procedeva felicemente, anche se l'esuberanza della giovane Brigida procurava al placido Aoi innumerevoli fastidi quotidiani. In vista della Fiera, Carol aveva messo a frutto le sue esperienze di decoratrice realizzando un contenitore di legno chiaro, essenziale e minimal, che riproduceva l'atmosfera da sauna finlandese della libreria. All'ingresso dello stand era stato sistemato un enorme trancio di pizza di plastica colorata. Il particolare aveva fatto molto irritare la zia Titti, che si trovava a New York per un *vernissage* alla Guggenheim, quando aveva ricevuto per email la fotografia inviatale da Romina. «Terribilmente kitsch» era stata la risposta della mecenate. Tramontato il progetto di fare della nipote una star del jet set internazionale, le aveva concesso, data l'insistenza di suo fratello, un anno di tempo per rimettere in sesto gli affari. Scaduti i dodici mesi, nessuno l'avrebbe più trattenuta dal vendere la libreria.

Era la vigilia dell'apertura della Fiera, i primi visitatori sarebbero arrivati la mattina seguente. Romina decise di fare un'ultima ricognizione. Voleva lasciare tutto in ordine per non avere motivi di affanno il giorno dopo. Stella le aveva raccomandato di verificare con la massima attenzione ogni particolare. Tutto pareva a posto. Prese la borsa e lo zaino e con il computer e si incamminò lungo il corridoio. Proprio accanto al loro spazio si trovava quello del settore faunistico della Regione. Un enorme lupo grigio cartonato era stato messo a guardia della postazione. Appariva fiero e selvaggio come l'eroe di un romanzo di Jack London. "Che meraviglioso animale" pensò Romina. Le ricordava un grosso cane da slitta. "Il re delle Alpi è tornato" annunciava la campagna per la salvaguardia della specie di cui era testimonial. Lo stand era deserto. Romina diede un'occhiata ai pieghevoli sulla scrivania: si celebrava il ripopolamento delle zone naturali alpine da parte di un altro predatore, il gipeto, un grosso rapace che si pensava estinto il cui ritorno tra i picchi del nord Italia aveva fatto felici gli etologi. Sorrise di quella buona notizia e proseguì.

Colse il dettaglio quando era ormai al fondo del corridoio. Fu un flash. Si voltò e tornò indietro. Gli operai avevano dimenticato la macchina spara chiodi proprio sopra il loro scaffale. C'era anche il barattolo dello stucco, una scatola di plastica con dentro, immaginò Romina, chiodi, viti e tasselli. E, ben visibile, un rotolo di nastro adesivo a righe bianche e rosse. Come aveva fatto a non accorgersi prima di quel disordine! L'allestimento degli spazi era terminato, gli operai se n'erano andati. Non c'era più nessuno. Fino a poche ore prima era tutto un rumoreggiare di trapani, avvitatori elettrici e carrelli elevatori, mentre adesso nei padiglioni del Lingotto risuonava la pace silenziosa di un cantiere a fine turno. Romina si guardò attorno. Il deserto. Dove erano finiti tutti quanti? Mancava poco alla chiusura, doveva affrettarsi verso l'uscita se non voleva rimanere chiusa lì l'intera notte. Ma non poteva andarsene prima di aver tolto quegli oggetti da in cima allo scaffale. Intervenire la mattina dopo, con i visitatori alle porte, sarebbe stato più complicato.

Si erano portati via anche la scala. Prese la sedia che si trovava di fronte alla scrivania e la avvicinò allo scaffale di legno chiaro. Ci salì sopra e allungò la mano. Niente da fare. Mancava più di una spanna. Ridiscese dalla sedia e andò nel gabbiotto dove erano rimaste alcune scatole di libri non utilizzate per l'allestimento. Ne sollevò una. Era parecchio pesante. La trasportò a fatica in mezzo allo stand. Fece una sosta. Poi riuscì a piazzarla nel punto utile. Ripeté l'operazione con un'altra e un'altra ancora, più leggere. Le luci del Lingotto cominciavano a spegnersi. Era il segnale che l'edificio stava per chiudere. Le parve di essere a teatro, quando lo spettacolo è a pochi minuti dall'inizio e le mezzeluci annunciano che è ora di entrare in sala. Doveva affrettarsi.

Davanti allo scaffale era riuscita a formare, con le scatole, una specie di torre. Si guardò attorno in cerca di aiuto. Non c'era nessuno. Tutto era sempre deserto, ma adesso anche in penombra. Sentì il gracchiare lontano di un walkie talkie. I guardiani. Chissà se, in caso di necessità, sarebbero venuti a salvarla. Decise di tentare. Salì prima sulla sedia e poi si avventurò sugli scatoloni. Tutta concentrata nell'acrobazia, non si accorse dell'uomo nello stand vicino. Stava in piedi, proprio accanto al lupo di cartone, come un cercatore d'oro del Klondike assieme al suo compagno di avventura. Osservava con grande curiosità l'operazione.

Romina cercò un equilibrio stabile sui piedi, si sollevò sulle punte e distese il resto del corpo verso l'alto in una posizione di stretching statico, come in una lezione di Pilates. Il risultato di questo sforzo fu che con l'unghia riuscì appena a sfiorare il metallo della macchina spara chiodi. E più lei grattava nel tentativo di farla avanzare, più quella scivolava sempre più indietro. Se avesse continuato avrebbe perso l'equilibrio, sarebbe rovinata tra i libri, si sarebbe probabilmente slogata una caviglia o rotta un braccio e avrebbe trascorso i giorni della Fiera al CTO nel reparto di Alberto. Si arrese. Pazienza, la mattina seguente avrebbe risolto il problema chiedendo all'organizzazione una scala. Con un piccolo sospiro si accinse a scendere. Fu in quel momento che sotto il suo peso i coperchi delle scatole non del tutto piene cedettero e la torre di fortuna collassò.

Tentò di agganciarsi allo scaffale, in cerca di un appiglio, ma le dita mancarono la presa. E tuttavia non cadde. Rimase così, sospesa nel vuoto, con i piedi per aria, come un alpinista appeso per un chiodo alla parete. Non era precipitata. Qualcosa glielo aveva impedito. Due braccia possenti le cingevano la vita. Una presa salda, da guida alpina. Avvertì il calore di un torace, alle sue spalle. Una massa di muscoli larga e legnosa. Immaginò che fosse un addetto alla sicurezza. O un prestante vigile del fuoco. Sul polso dell'uomo, notò abbassando gli occhi, era tatuato un albero.

Lui la depositò a terra. Lei si girò, tutta scombussolata. Voleva subito ringraziarlo. Le aveva evitato di rompersi un braccio o di slogarsi una caviglia. Voltandosi, riconobbe gli occhi verde muschio, il colore di un bosco dopo il temporale. E i capelli scuri legati all'altezza della nuca in una coda di cavallo. Si rese conto che con il naso gli arrivava più o meno all'altezza dello sterno. "Per baciarlo" pensò "avrò bisogno di uno sgabello".

CLARA CAROLI

Giornalista professionista e life coach, vive sulla collina di Moncalieri, in provincia di Torino, con due figlie e (al momento) tre gatti. Dopo una lunga esperienza giornalistica per il quotidiano La Repubblica, esordisce nel romanzo con La Corte Editore.

www.lacorteditore.it